我是不是告诉过你，
只要你能到得了这里，
非但所有的秘密都能得到解答，
而且一定能找得到她！

——桃花传奇·古龙

赵三平 著

私语·南极

法尔兹半岛生态地质之赏

海洋出版社
2019年·北京

·目录·

零 · 自序 ·

理想号之处女航

曾经，梦见海浪
雷鸣着的洁白奔腾
旋动破碎的蛤蜊壳
割破抗潮而立的裸体
“痛吗”？伊温柔地问
……
鲜红的渗流被浪花接纳了
消融在梦想与蓝色的交接
水的柔情浸润体肤
在将熄的琉璃盏边
支起一堆快乐的篝火

曾经，驰骋高原
枯燥和郁闷扑压入眼
窑洞的坍塌落寂
骤使我心戚戚
双眼努力侦搜寻找
这盼望欲穿的慰藉
……
乌黑的铁环与挂锁
必因长久摩挲而润泽
真正足足够了
更添缀一个悠悠的妇人

啭啭鼓动的白杨叶
高原女子脖颈上银铃的叮当
一同回荡千年的悠长
推开素门的花白与蓬乱
是沾满黄土母亲的鬓发

轻抚微风中的稻禾
锋芒从指间滑过
流动的金黄奏欢快农歌
仰卧一尺二寸的田塍
默然于悠悠行走的白云
叫好高天里大雁飞过
家燕儿贴着脸掠
蟋蟀耳边唱亲哥哥
老牛口中的野草嫩枝
沁溢自然真挚的芬芳
唯有纯朴的才能心赏
勤劳的侬，如何将期盼收获
在播种与收获的轮回里
担当着得意与失落

昨天，一群孩子
丢螺蛳壳在铸铁的抽水管

倾斜着叮叮咚咚地滚落
牵引想象向深黑处
水底的那一声悠回与叹息
自得便同水波样被鼓荡
勇敢着从石桥上跳水
或者操纵鸭划来往竞速
淡淡弯弯的月上来
在铺满牛筋草的空旷里
又嘲笑着吴刚的无可奈何

今天，生活消磨孩子的理想
至少也胡须爬满脸颊
却依然还会向深黑处想象
梦想财富，渴望发达
一个却常常梦到
牛筋草蔓延交错成草毯
网住草地上睡着的自己
不得脱身，却给了他
背枕沃土面向蓝天的茁实
懦弱的孩子终于要呼喝着
驾驶他自命为理想号的
去到另一个神秘的水世界

壹 · 世界尽头 ·

出奔

（一）
最后一次丈量熟悉的路
在松软的草地
向熟悉的樟树与桑树道别
黄色花海与葱翠竹林的镶嵌
无法挽留伊私奔的决心
哪怕嗡嗡的野蜜蜂
淡雅悠远的豌豆花

再沉醉一次家乡的空气
深深镌刻在记忆里
花香与泥土的混合
无留恋亦无决绝的出发
极南的世界
没有耕种与花开花谢
只允诺无尽的守护与爱恋

（二）
阳光透过肃穆的花窗
强加绚烂给洁白的婚纱
进行曲的庄重柔美响起
无欣喜亦无悲伤的伊

为一众不自知的祝福
推怂上无期待的红毯
……
急促的蹄声定然是钟爱的侬
黑玫瑰冲破花窗与栅栏
马背上流光里的英伟
点燃焦灼下的柔美
便甩脱蹩脚的高跟鞋
向侬飞奔而来，上马的轻盈
塔夫绸裙做袅娜的云羽
在凡阿林的高亢里绝尘而去
惨淡了牧师祝祷的空等

（三）
请屈尊登上理想号
侬亲为伊收缆挂帆
晓际里作别朦胧海岬
船首犁东海晨曦向南
海风把伊青丝轻撣
理想号浴满胴香
朝霞勾兑了伊的魅惑
痴迷着操舵的水手
一任海豚和海鸥的追随

（四）

暗黑助长西风的狂暴
不增添侬和伊一丝畏惧
或只愿再狂烈些
便好借它的余弦
把理想号的风帆吹送
快些抵达那爱之神往

（五）

私奔的船首斥开流凌
晨光招引的海雾尽头
是霍拉修峰洁白的倨傲
柯林斯冰盖柔美的隐现
湾流牵引理想号逡航
冰山、柱石次第流行
群礁拱卫的地理湾
平静里铺陈浅紫与湛蓝
宽阔且自带栈桥的沙滩
更有小峡谷可容栖身
确是私奔的优尚之选
……
“伊，这里泊岸可好？！”
“侬，便这里泊岸吧！”

末日

地球停止了转动
时间在刹那永恒
两颗真心的笑容相对
耀眼的雪原里
鲜嫩的苔原上
时空流转变形
潮来潮去还在继续
地理湾口的巨岩
乌黑的沙滩、绛红的海藻
静谧，仿佛温柔的诉说
左面的山崖雪已铺满
延绵到远处目光可及的海面
突出海面的岩石
海水在冻结的冰雪上
雕刻出一个个美妙的城堡
静静相拥的侬和伊
菲尔德斯海峡的湍流
玉泉河谷的溪水
一如婴孩平静甜美的呼吸

不见了黑背鸥的舒展
雪海燕的轻灵动人
金黄的阳光只在纳尔逊冰盖展开
缀染奇彩幻丽的西海天
冰山和鲸鱼呼吸的水柱远去
平顶岩半岛的雪地里
新生小海豹乳黄的绒毛
碾压浅浅的痕迹
与海相接的低平云脚
是上天赐给盖亚的亲吻
只在这里，天和地如此亲近
光阴的流逝和潮水的返复
空间时间相交，过分平静
明天，昨天，今天
简化为某种没有意义的记号
为那个给予光亮的发光体
换上那更温柔冷清的
未尝不可！妙甚至哉！！

明天

在地理湾口的平静里
支一片亚当夏娃的赤裸
温暖的冷清
融合在男和女的世界里
侬和伊十指紧扣
风起来，乳汁般的浓雾
细密的水珠爬满伊的秀发
侬把伊抱得更紧
“侬，明天还来么！”
“还来！”
……
“侬，明天还来么！”
“还来！”
明天，就是“他”和“她”升起
和降落的角落
只一个不冻的港湾
一个侬恣意驰骋的荒原
——伊的胸膛

贰 · 相守 ·

漆黑

乔治王岛，夜
慢慢加重的雾气
从柯林斯冰盖的穹窿来
姑娘床前的幔帐，将一切遮没
纳尔逊冰盖，西天的海
漂浮海面的石
地理湾口，挺立的石柱
模糊，至眼前是一片漆黑
星星代替太阳的职守
海浪轻拍漆黑的夜
漾涌间，漆黑便有了波纹

相守

星星一点火光
漏过鲸鱼肋骨的栅栏
照亮六方柱解理的台阶
勾勒山洞口的模样
再染崖壁的积雪一抹嫩黄

鲸鱼脊椎骨做板凳
鲸鱼肋骨支撑油灯
苔藓铺成各自的睡床
动物皮毛做被子与床单
火光照耀处温暖齐膝蔓延

伊娇美圆润的躯体
蜷缩如未断乳的海豹
婴儿般温润的脸蛋
嗯，还会蹬一蹬海豹皮被子的
修长白皙的皓腕
许交叉在胸前
许自然伸展至腹部

伊梦中的一翻身
挤压苔藓褥子嘶嘶作响
滚落的山石不曾将伊吵醒
又睡着了，安静而甜美
就该那么温润，那么精致柔美
让人想拥入怀中
又让人那么心疼

借海豹皮灯芯的光亮
将五七颗红色的玛瑙打磨
期待项链的早日制成
主石是收藏已久的月陨
那一刻啊，侬将向伊求婚
白天将宝石和工具收藏
且帮侬保守秘密至巨作完成

眠着了

雪降落山崖的轻吟
风吹过地理湾的呼啸
海浪拍打岩石的廻响
海豹酣睡的呓语
和谐的背景里，伊的呼吸
如眠在母亲怀抱的婴儿
所有声响皆催眠的歌曲

轻轻吻一吻伊的额头
因满室的温暖而泛出红晕
昏黄的鲸鱼油灯熄灭
摸索，怕踢翻鲸鱼板凳
惊醒伊思乡的美梦
透过干苔藓床铺的地气
在伊的身体里与温热交战
嗯，明天再多采些苔藓
取暖的煤也要多备一些

叁

·

晨

·

温柔的小手

那双温柔的小手
缠绕着侬的双眼
幽幽少女的体香
透过粉嫩的指缝
水灵灵一双明眸
忽闪在侬的眉前
侬于是也欢快醒来
去捉那温的柔荑
伊小兽物般逃开
干苔藓铺垫的床
还朦胧伊少女的睡姿

吻痕

海水墨兰，天空阴霾
海与天，岛屿与天，只一片白
欢声中潮水退却
方的圆的礁石
如优雅的女佣静静站定
整齐一致的帽檐
大约是昨夜
海水与雪花的吻痕

漫步

融水匆忙凝成的薄薄冰晶
坚硬不足承受伊和侬的相携
脚印，在雪岭清晰延伸
风从平顶岩半岛来
恰恰拥入地理湾的怀抱
伊右耳际的长发
轻轻扫过侬的眼睛同鼻梁
为侬的嘴唇轻含着，濡湿了

前行，无意间触碰半露的黑色
柔软的石条慵懒地回头
滚圆的闪亮里满是被惊扰的懵懂
“伊，海豹宝宝在睡觉么
那我们便远离些吧！”
那我们便远离些呢
……
无辜的海豹，倒头便又睡了

阴冷的晨

黯淡了法尔兹半岛的晨
漫天的朔风同阴云
雪的白，海的蓝，礁岩的黑
失神而迷茫着
零落滩涂的巨藻枝叶
满怀被深海抛弃的幽怨
卵石的躁动放大情多的寂寥
如诉，如泣，犹自怜

晨光下的群礁

海水解除对岩石的囚禁
湾口的礁石连成一片
演绎赶海的群像
那个高的，那个矮的
那个胖的，那个瘦的
牵着孩子的妇女
弯腰扁脑袋的男人
驼翁的骡马，负重的巨龟
披着光，淌着水
呼朋引伴，奔向市场
乐坏海滩上叫卖的鹅卵石

自在着

与平顶岩齐高的巨石柱
锚栓了半岛平步青云的雄心
便出航也犹豫了

云水的缠绕，时空的变幻
活生生分开的两个主体
相隔，相望却不相得

又或许是相守呢
自在着相互凝视的甜蜜
毕竟，她们在水底下牵手

雾起

视力的探触，穿不透
海与岛屿上空淡乳色的混沌
澄明，如缓慢收拢的网
隐匿极远处轻浮的低云
不见了纳尔逊冰盖的西北角

阴郁沉降，浸彻伊的体肤
浓雾，从无际也无表情的海面挣脱
穹隆俯伏如自荐的妇人
却恰恰被平顶岩支住了
上演羽衣霓裳的幻想

无题

自然，伊就该那么温润
就该那么精致柔美
那么不染纤尘，虚无而透明
又那么醇厚而真实
在触手可及的距离

伊，静静地立着，立着
与风和雪，与快乐和严寒融合
作透明而朴素的冰雕
守望西天潮水的来去
和地理湾的风生水起

伊，是一尊不凝固的雕塑

微风，撩起伊的发
洋洋洒洒，摇曳一树春日的
欢笑同馨香，溢满了河谷
水道同正在被切割的岩石
滋润满眼的嫩绿同耀眼的海滩

流动的曲线，割开阳光的云彩
镶嵌一道五彩的边，又被晕染
华丽完美，激励起衣裳的想象
想到了伊水与洛河，潜溪绯
想到了那让牡丹羡慕的妃子

伊和云彩那样接近，接近到
一伸手，就可以摘下一片儿来
接近到，伊就是遗落人间的一朵
不拘何时，就会被风轻轻带走
不留下丁点儿痕迹

纤弱，不只是纤弱

微微张开的双臂
自由舒适地伸展
皓腕，润泽了海峡的激流
同天脚处绛红的浮云

分不清天与水，人与云
饱含水汽的风，在伊脖项上流走
是要梳理伊乌黑的头发
还是拨弄伊闪光的耳坠

伊静静地立着，立着
任南大洋的微风，轻吻
每一寸肌肤，爱的温热
在周身的血管里蠢蠢

伊同风一起流动

圆润的曲线，是酿满音符的凡阿林
少女的特质得以完美展示
莫名缥缈的芳香
不是渴望，不是原始的诱惑
只静谧夏夜，茉莉丛边温馨的夜曲
阑珊春雨里，喑哑的江南评弹
秋日银杏第一片黄叶飘落的私语
冬夜里跌落瑞香枝头的一小团雪
……
化为深闺梦中人的一点点念想

伊，作一个双臂平展美丽的舞姿
与身体与大地平行了，粉嫩的一只赤足
起飞，起飞，被定格的飞翔
雪地里站定的仙羽一般
微风，青丝在耳际摇曳
爱人的耳语，潮来潮去间
轻吻满是藁藻沙滩的海浪

侬醉了

轻柔的水汽，从平顶岩半岛
乳汁般奔涌来
亲吻伊的琼鼻珠耳，酥胸纤腰
吞没玉足最后一点粉红
仙女渐行渐远
只留下长袖洁白的花结
西海天的阳光醉了
法尔兹半岛的微风醉了
长城湾的细浪醉了
霍拉修峰的岩石醉了
侬也醉了，深地醉了

伍 · 冰山 ·

凝固的流动

凝固着的水的穹窿，遮断
西天的云彩和东天的朝阳
流动，赖新生力量的催动
裹挟着历史的尘埃和碎屑
向着陆地的尽头，向大海
难言回归，那般恋恋不舍

凸起的尖峰，生生劈裂伊
在远处又弥合，持续对抗
山石与冰流，剥蚀，消磨
代代相继，不失温柔本性
向着大海躬身，峥嵘突兀
终有一天，将被彻底征服

状·态

冰舌，借夏日的盛情浸润海水
如斜倚热泉的胴体
缥缈的蒸汽与肌肤接合
朦胧为深蓝与浅蓝的拥吻
无若情侣久别重逢的恍惚

恍惚中巨力的较量
向下的重，向上的浮与张
暂时的平衡威吓周遭的宁静
不知所措的空气
噤默得不敢招惹一丝波纹

入怀

平衡终将在推进中被打破
不堪重负的冰舌訇然崩裂
万吨坚冰奔涌入海的怀抱
撞击海水发出闷雷般低沉
轰隆，在冰山与海湾廻响
做胴体入温泉的滴滴娇呼
母亲揽游子时的声声乳名

但悠长的廻响分明是宣告
宣告凝固的海水将获新生
巨大的浪涌为新循环鼓舞
惊涛，再把冰崖残余撕裂
向着海岸和海洋深处蔓延
漂浮，向曾经的依附告别
在云与海相接的天边泯灭

冰天鹅

“侬，看那一只天鹅呢！”

海岬的背影里，浅底圆石
拼成自然的水彩，冰天鹅
晶莹在水彩上，自由逡巡
远古气泡爆裂发噗嗤声响
无方向的浮漾，又激励起
无数细碎波纹，迎向海浪
拥抱，即使浮冰有了温热
诱惑伊起伸手触摸的念头
便踮脚尖轻提裙摆，轻抚
努力不惊扰了天鹅的歇息
……

“侬，那一只冰天鹅呢？”
“融化了，又或者飞走了”

行走的山

那座圣洁的冰山，水平的顶面
在蔚蓝的海与浅蓝的天空间
航行，低云做冠盖，清风作步撵
巡视的王者，俯瞰着一切
海神托举的大力神杯
缓缓而来，驻足长城湾
华丽地转身，向着南大洋深远处
悠悠而去，纷乱身后一群冰棱
莫名兴奋的冰棱
只做了几只阿德里企鹅的座驾
在暗流和天敌横行的南大洋
自在航行，载着迎风站定的船长
睥睨自己无尽的领地

半三角

湛蓝，深湛的海的颜色
朝阳，海湾，短暂静止的潮水
无云的天同静止的空气
偶然和必然，协商出罕见的景
一切是静谧，是安宁
时间的流体凝固了
生命运动只是可重复的符号
过去一万年，未来一万年
改变的是两崖之间扩开的狭缝
生命，不再创造着历史
而无非地质表演的看客
斑驳岩壁上蜿蜒贯通的缝隙
在潭底轻笼一匹金色的丝绸
守一潭五彩斑斓的半三角
浮动的是温玉，是宝石
是黄的海星同绛红的贝壳
凝脂般圆润的礁石
为透明的海水浸润和抚摸
褪去峥嵘和突兀
安心做潭底气定神闲的隐士

礁岩

顺次排列的礁石
勾出一条隐约的弧线
是残存的海湾遗迹
指向太阳的初升
穹窿状洁白的冰盖
装缀着素白残雪的岛屿
环抱湛蓝的菲尔德斯湾
与冰崖陡立的纳尔逊冰盖
逼迫退潮的海水绕弯儿
纷散在南大洋的寂静或喧扰里
……
是期盼已久的梦境
是灯火阑珊处伊的倩影
那一尊方形的石柱
仿佛又作了渡船的缆桩
守望回家的游子
何时又被海水掩盖

天生桥

刀切斧劈的一线天
静谧，阳光抚触海水的细语
和远空振翅的雪海燕
迷离，迷离同微漾上的星光晕
不只是戏水的花斑䴙
崖边成群的黑背鸥
还有静静相偎的侬和伊
盈盈一指的鹿角状、枝状地衣
刺绣在岩石表面的花朵
三两点残存的雪
……
维系两爿孤岩的天生桥
听由两大洋潮水进出
细数西海天的云卷云舒
纳尔逊岛的冰消冰解

冰洞的潜行

潜行，潜行于倾斜的
岩石与冰的洞穴
悬垂、横呈的透明冰棱
水滴，淘气地钻进侬的脖颈
石壁峥嵘，宽窄相间的裂隙
维系得住那欲坠的灰绿岩石
不若做了第四纪的钟摆罢

洞顶筛落阳光
跌落，镶嵌在冰层里的片石
如风帆，如礁石
追随光阴，他们不知又流落何处
一处不为阳光眷顾的角落
收藏夏天的故事
满心向侬倾诉
这千万年来的第二个知己

夕阳

微紫的西天，收住了云彩
磅礴的光，将半三角的夕照歌颂
在无际与伊的脚下
铺一条接引的金光大道
圣殿，只在纳尔逊洁白的穹顶
永恒，与永恒的距离只一道海峡
急速流动的海水，涌动的线条
编织成一朵朵洁白的莲
修行的尊者，虔诚庄严
一切众生相，皆现平等因缘
熠熠生金装的辉煌
一点黑影，突破夕阳的炫光
在紫色的画纸上
写下活动的篆体一字
……
西下，西下的眷恋
无往即无生的朝晖夕阴
喷勃的金线
注定还要编织伊和侬的梦想

柒

· 柯林斯 ·

横陈

没有连绵，没有层峦
完美的圆润
一条引领众生的天梯
众神的幔帐聚集
模糊了天与地的界限
柔软的浮云，坚韧的寒冰
是欢会的亲昵，是小别的轻吻
白玉一样的体肤
却是两个丰盈的青年
温柔，渗透爱人的身体
如不绝的潮水鼓荡和游走
绵柔诱惑强壮，阳刚俘获阴柔
……
蓝的天幕褪变
西天的一轮金乌
羞红了忘情的侬和伊

欲飞

铺满白朵儿的蓝色草原
滟潋星光的随波轻舞
万千只清脆的风铃
皓白的冰盖为躯背
棕褐的半岛为双翼
远徙南冥的鲲鹏
在海湾晴方好的呓语中
露出了真容，点缀残雪的翼尖
在大洋与大洋蓝色的迷情里
与纳尔逊岛合力画一笔白色的记忆
鲲鹏翼若垂天之云
那悠悠游走的低脚云朵
岂不是鲲鹏变换飘飞的绒羽

柯林斯

柯林斯洁白的婚纱
逶迤在法尔兹的臂弯里
历时万年的作品
是自然界仅有的绝品
轻薄的乳白隐现侬古铜肌肤
冰晶是婚纱的质地
每一个冰晶，封闭一个祝福
冰封的历史，被艳阳开启
细密的水珠，闪耀着晶莹的光
融化，顺婚纱的褶皱而下
是新嫁娘欢快的眼泪

带走昨日的风尘和今日的眷念
雕刻出精美的蕾丝花边
滴答，泪水落入侬的怀抱
传递着新娘的惊喜与忧愁
冻土被软化，锋利的石块磨平
汇集，在柯林斯的边缘
顺冰盖犁出的沟壑
有了淙淙溪流，有了潺潺小河
在法尔兹的阶地上
又圈出一个个清浅的湖泊
湖水，终于也要决然而去
循环生生世世的执念

斯坦斯博纳半岛

海水与陆地的相接
神奇的曲线，向南，向南
牵引出一个斑斓的半岛
蓝色的深邃戛然而止
半岛的沉寂装点上新雪
白色画布上随意的挥洒
绛红的滑坡，夕阳下
更红了，更红了
海边那一点鲜艳
是惊奇，是沉醉
蓝色里残存横木的桅杆
昭示时代的伟绩
海湾－岛屿，海湾－半岛
平行与交错，宽容与智慧
只属于伊和侬的幕布
柯林斯冰盖的残余
延伸在斯坦斯博纳的背后
藏匿了水的传奇

穹窿

远古飘来的航船，同巨大的屏风
将南天的遥云遮断
留下巨大的穹窿
穹窿，作朝晖与夕阴的幔帐

掩住伊出浴与入浴的娇羞
朦胧穿透纱帐，洁白
晕染一片粉红，粉红
是纳尔逊岛的盛装
是冲上滩头的海狗
是凿破海冰的威德尔海豹

山峰，挽起无垠的白色瀚海
赋予冰盖女性的起伏
顽石覆压冰雪，冰山拥抱大地
拥抱，冰山伸一双皓腕
海与冰山的融合便有了曲折
又偏偏在圆润的脸庞上
描绘黑亮的眼睛
割裂，割裂的不仅是洁白
磐石与滴水的交锋
柔情和坚韧融化顽石
细碎的云母、石英
为顽石披乌黑光亮的缁衣
宁为玉碎的刚烈
平静的海面上，抖落一池的梨花

冰崖

白色的漩涡，海与天的通道
流动的冰，天顶的浮云
被海神的力量旋入水底
吞没，伤害的不只是纳尔逊
冰崖残留分崩离析的缠绵
丝丝若有若无的蓝晕
是脖颈上不忍拭去的吻痕
又注定是雨骤花残的清晨
倦于梳妆的少女与悦己者
那一点点不可捉摸的怨恨
同别抱琵琶的悲戚

墨卷

并不平静的冰雪的穹窿顶部
风为画笔，粉尘作颜料
在无际也无表情的苍茫上 *
浓淡相宜，画缥缈与梦幻
宏伟雄奇的水墨
在纳尔逊的冰盖连绵铺展
纵横的冰雪的裂隙，
是苍劲的古松的干，是绵亘的山岭
点点青黛，是树叶，是松针
是高挂悬崖的瀑布
又或者是天上云彩的影像

雪啊，是你忠实的侍者
适时表演着覆盖的天赋 *
为你翻动画册……
这无与伦比的杰作啊
哪里只是绘画，只是立体的雕塑
只怕更是待字闺中的女子
万千年来，只守候着南大洋的风雨雪霜
等待着人类的解语者迎娶

* 致敬王久辛《狂雪》

雪起

从西海天遥远的水边
无际的朦胧与昏黑
向纳尔逊岛漫袭过来
还有寒凉的风，还有浓稠的雾
与风，与雾，相约而来的
还有这晶莹细雪

是风牵引着雪，还是雪诱惑了风
一半阳光，一半飞雪
这神奇是只属于纳尔逊的
雪，在降落，在升腾
冰晶攀附一道无形的界限
聚成垂天的白纱巾
勾连洁白的冰与灰黑的云
开启纳尔逊与神灵的对话

路过

冰崖环绕的海滩涨满喧闹
透亮的冰峰，自荐陆地的信使
载带侬和伊乘桴浮于海的狂想
将融化在南大洋的深沉里
献礼砂砾与磐岩

离岸岛礁

依，用温柔的目光亲吻伊的美丽
甜甜的馨香，挥之不去
同晨光里伊素衾下体温的念想

柔情切割的神奇
是岛屿绮丽裙边的蕾丝花结
漂浮于南洋的雪莲花
抑或蓝布蜡染的栀子
西海孤傲的梅骨朵儿

精勇抗击东来的潮涌
白浪澎湃盛开花朵
是洛神的阳台，是神女的巫山
抛入空中的水团幻变
云海间翻飞的白色鸥鸟
听得见欢快与自豪的吟咏

栈桥，栈桥

潮水褪去西海岸的薄雾
栈桥，那被称为栈桥的
抱守第四纪海蚀的残缺
悠悠横陈海燕湾怀抱
劫后的岩髓圆滑为卵石
为海藻与青苔的依附
堆叠着，凌乱着

延伸陆地向海洋的招摇
吟哦里海水与顽石的吻别
为铺展的栈桥镶嵌白边
潮湿的风，掀开朦胧的纱帐
绛红的海藻与密集的帽贝
次第开放远古的神奇
为送别默默的点缀与守护
小岛如花，在栈道尽头绽放
尽头，尽头是海
新雪的覆压为花朵作底色
密密匝匝的阿德利企鹅
平添岛屿的热闹与活力
便不偏远，便不冷漠

牵侬的手，伊在圆石间寻梦的真实
梦里的栈桥合该有庭阁的
庭阁里，斜倚栏杆的绯红倩影
融合黄昏的清浅暮霭
做成送别的幽怨
等了几千年，等了几万年

诗人

请接受最崇高的敬意啊
您分明是那个蹈水的诗人
您一定是借帝君的龙驹
穿越长江东海与弱水大洋
您舍弃了昏聩的楚王啊
两千年只在这乱石滩北望
您隐遁这极南的荒野
是否知道自己被万世敬仰
您的袍袖依然飘洒
您的胸膛依然挺立
您的佩剑是否还会时常鸣响
您逡巡海陆山川四极八荒
哪里还可寻香草芝兰
哪里再激励您天问的绝唱

兹献上伊自作的冽酒啊
尊请您移步地理湾
用您精妙绝伦的诗歌
为新人婚礼的祝颂
侬和伊的爱情将因此不朽
伊和侬还要向您打听
湘君和夫人是否依旧欢好
驾神舟畅游云梦泽上

拾 · 格兰德谷 ·

昨夜，依梦见了船和人
梦里南大洋情人般的魅惑
航行的力量在召唤
依的生命，已和海水纠结在一起
无法解脱

白光

湛蓝蓝里降落的白光啊
云彩畏你只在天际抽泣
你这生命的根本与缘起
请不要用紫外线伤害伊
只许把西海的天空缀蓝
许雪水润格兰德的旧泥

英勇的莫忘约会的秘密
一冬的蛰伏和隐忍待你
藓苔的胴体蓄藏如绿碧
冰凉的娇躯盼你来开启
照耀下生长模式已切换
碳循环机器正隆隆运转
听得见发荣滋长的欢畅
斑驳的挂毯下升起雾气
是阳光爱抚同轻声耳语
请赐给褐藻晶莹的装饰
生命信使不会厚此薄彼

蒸腾吧，化合吧
格兰德谷的女孩们
为生命的欢爱崇高神圣
请骄傲地接受阳光的亲昵
用你们的裙底，屈服泥土的骄横
吸收大地的原子与分子
甘愿做你孕育的奴隶

苔原

伊轻描淡写的黛
仿佛天边的青云，有生命的
初春的柳叶儿
是那双清亮眸子灵的放射
……

伊一回头，侬就这么欣赏着
格兰德谷生命的竞赛
嫩绿，鹅黄，鲜活的颜色
用什么形容你啊，小可爱
娇艳如饱蘸颜料的笔尖
鲜嫩的躯体同颜色
是斜倚风中的倩影
短擎下凝脂般的滑腻

愁你的愁呢，思虑你的思虑
雪花与春光里共有的灿烂啊
只那么自由的吮吸
吮吸大地的乳同苍天的光
把小小的生命精彩绽放为
冰寒大地的壮丽织锦
不愿爱的对象空等
许伊，许侬，许格兰德谷
这一年一期的绿的壮美
八百年不曾收回

格兰德谷

神工鬼斧的六方台阶，昭示
历史的层叠与雕刻，土堡呵
倒塌的宫阙，葬帝后的香榭
延绵的悬崖，为坟茔同城墙
无字乱石，空守西天的凄月
断绝雪水的纠葛，山顶的湖
干涸，只留绿泥崩裂的暧昧
深埋的化石，为亘古的史册
共颂两千万年前的气候变革
引几多有心人为伊传奇痴绝

壮硕的海豹，做王陵的守护
生老病死的陪葬，白的匹练
自崖顶跌落，冰与雪的乳突
冰棱端末无声的清泪，亲吻
泥砂里哀怨的白骨，涓涓流
犁开蓬松的石英砂，更和弦
词曲皆清秀雅丽的余杭小歌

侬在短暂的生命原野上放歌
你这素的水，篝火和朗姆酒
将苏格兰的激情释放，穿梭
姑娘的绿裙间，柔情的缘起
同摇篮，旁听讲给伊的旧事
风暴狂雪蓝冰，自称海盗的
载伊的好奇飘扬越海，余晖
唏嘘谷底杂然鲸骨，小幸福
在纳尔逊远离的穹窿里延续

拾壹 · 月夜 ·

真的爱，不惧天高海远
不惧狂风暴雪
不惧洪水猛兽
伊只教我前行，前行
赴月底云端，阳台巫山

微风与月

微的风，激励睡梦中
贼鸥与海燕几声呓语
缓投长城湾的拒马河
轻唱柔绵的摇篮曲
海水屏住呼吸，在极南的午夜
沉睡了地质学家与调莫地*

安宁，音乐会前的庄严
南天稀疏的星子，山石
墨玉的美人，母亲，佛与观音
光明与黑暗的根
混沌割裂，浸染夜的层次
沉沉，融大地的休息
澎湃的心等待，等待着
月光的独奏拉开序幕

*地质学家岛和调莫地岛

等待

是地理湾晨光下伊的第一个亲吻
是西海天薄雾里伊手掌心的微温
是玛瑙滩上拾起闪亮宝石的欣喜
那么不可捉摸，又那么与生俱来
……

含娇，最是烛光里新娘的侧影
浅黄与玉白之间的那一阕光明
倾吐在墨玉雕塑的顶
不沾染一丝暗黑
只把山与石清浅照映
绝不摇曳一身的艳
无晕，无送嫁的妆奁与迎亲的女嫔
无闺阁的雕画，无洞房的红绫
虽孤独亦无悔，尤羞涩且含情
等那一个，等那一个
半醉的郎推虚掩的门

等来了，等来了
黑夜簇拥一弯橘黄的月
挣脱世宗王的牵扯
光耀如山顶支起的灯塔
无云， 空洞失去了层次
只无垠却触手可及的暗
就着清凉极地的夏夜
同东南天硕大的星子
笼海湾一层墨蓝的朦胧
笼漂砾边依偎的侬和伊
沉醉于这无声的月光曲

月满长城湾

根于山石，延于清波的橘黄
时而垂落人间的丝带
时而镜里佳人的脸庞

优雅，轻移莲步的佳人
从阿德利和地质学家 * 的上方
缓缓飘过，向着长城湾底
驻足，为沉睡的小潭戴一领纯白的围巾
抚荒野上母亲怀里的孩子
又轻轻的，轻轻地拭去伊额头的吻痕
飘忽为梦里的幻影
顺长城湾的回旋
向着半三角、纳尔逊而去
趁便勾画三角旗和毛毛峰的寂然
……

* 阿德利岛和地质学家岛

残月

西天，只剩了月的背影
余音，悠悠的冥响里
山石与天空的暗黑褪去
深黛的云，伴夜的消冥
悄悄的，悄悄地涌上了
纳尔逊与斯坦斯博纳之间的守望

拾贰 · 日出 ·

夏日的晨光里，孤独
占据了生活的主题
距离与时间，怎能断我的思念
北海风起
隔湖的白塔，身周的烟柳
尽初见的神秘与冲动

觉醒

啊，是对神女风度的答谢
还是对缱绻风月的追随
法尔兹半岛的主宰神
铺排高贵的演出，为侬和伊
月夜过去，复一样的日出

沉默，沉默，诗意的心
沉默在黎明前的凄清里
海水惊不醒酣睡的山石
墨兰褪去，周的天染黛青
冰山与石山，在海与天的交界
地球的曲线现出真容
遥远的东南，天的边缘露一点微黄
不可捉摸的深邃，天与伊和侬
是光明和时间的缘起
还是时间与光明的归宿

喷薄

激烈的爆炸，青灰的云
喷涌飞奔在穹窿的边缘
向着纳尔逊、向着柯林斯与法尔兹
向着一切的自由空间
一切物质和思想的抛射
横扫海面，覆盖冰山

不知几千里的青云
是鲲鹏奋飞的翅膀
隆隆的，太阳神战车的奔跑
飘飞的翎羽，漫天游走
隐藏的胎儿搅动地平线律动
啊，喷薄的生命已近在咫尺
侬和伊将见证天神之子的诞生

阵痛，临盆的母亲在颤抖
浓密的黛云皲裂
想得见孩子在产道里的运行
急速的膨胀，撕裂了母亲的身体
倾泻而出的鲜血
染红母亲的裙裾
染红麦克斯韦海峡的面
染冰山以五彩缤纷
羞红了伊和侬的脸
一瞬间，飞扬的新生儿光照人间
绚丽的飞羽向四野飞奔
把圣诞的消息传告八方

晨——潮

越发沉不住气的海
便无风也开始澎湃
哪里遥远来的浪涌
粼粼波光的青影里
被峥嵘的海岬一分为二
各自向着圆润的怀抱
舒徐着，优雅着
媚妩，索吻，温柔地漫溯

小别的激情，淹没矜持的冷峻
欢愉，盈石与石的罅隙
不见了远处的礁石
不见了脚底的卵石滩
东天的红潮渐褪去
淡蓝的云散落周天
带浅金黄的缱绻与眷念
相逢，为着下一次的日出

拾叁 · 企鹅 ·

绅士风度　淑女性情
神凝秋水　貌润寒冰
临波跳跃　玉想蹁跹
仰天和鸣　碎金石然

初见

惊喜，在马绍尔身后的雪地
近了，近了，三两个黑点
真的是你么，我的爱人
是你，真的是你啊
再没有玻璃的牢笼
没有人工制造的零下八度
没有随意抛给的污秽小鱼
没有颜料绘出的积雪同浮冰
海水，积雪，冰山
这是你真的舞台啊

那么优雅，那么让人失声
那么自由在银色的背景里
那么黑，那么白
那么雪白里衬着的粉红
那么圆润的喙，那么生媚的回眸
那么温情的交颈同耳语
那么轻快的雪原里的转身
侬的爱人，你再不是
闺阁空房里倦于梳妆的女子
梧桐树下含泪的美人
你，已幻化为青春的伊

拓荒者

一只，两只，三只
海湾水墨画样的背景上
又一只企鹅出现
时而浪尖，时而谷底
逐慌乱的磷虾，或闲暇玩耍
不惧海水冰凉的勇士
用圆润的曲线和强大的肢体
是胜于游泳的冲浪与飞跃
跳给伊和侬的欢迎舞蹈
奏阿德利湾的欢乐渔歌

翱翔的翅膀被收回
天空遥远为自由的仰望
逐日的早出晚归
一力对抗岛屿质量的流失
从海洋到陆地
将生命的元素遍施
点化无冰区为绿色
拓荒生命禁地以斑斓
“侬，这上帝的放逐者
却不是这雪原的拓荒者么”

孵育

掩住岛屿的真实
是遍野的喑哑与红
聚集，生命的美与圆润
在名叫阿德利的小岛
石片堆叠起无契约的爱巢

温暖，孵化混沌为有形
有形，孕育为胎儿的完整
消瘦了母亲的慈爱与父亲的坚毅
交换一个新生命的长成

破壳

狭窄的胎房紧紧包裹
小小的顿挫与委屈
激励自由的心性蓄满
叨啄钙质壳体的力量
吐纳饱含海腥的空气
呼吸生命原始味道
不及理顺胎毛的婴儿
颤抖着接受了生命的残酷
兄弟相轧，猎杀与反猎杀
破裂的摇篮在风中翻滚
或溶解于今夏的雪水
或俯伏于同类的脚底
无声息埋葬了诞生的回忆

南极的孩子

夏日的温暖，南大洋的富裕
鼓吹灰黑绒毛包裹里的身体
膨胀，不只是身体
这叫做企鹅的南极的孩子
踏着光滑或尖锐的石子
在白的冰山与黑的岛屿间
在与偷猎者的周旋中
在与伙伴的追逐嬉戏里
在翘首等待父母归来的期盼中
打磨成俾睨飞雪的孤傲
怒海听涛的兴奋本能
自带咸腥的血液，与海共鸣
诱导着婴儿的绒装下
紧密的防水服在形成
蜕变从头开始，黑的瓜皮帽儿
鹅黄的喙与鲜亮的脚掌
黑色的围脖、马甲与白的抱肚
紧窄的袍袖显露出燕尾服的真容

走向大海

绒毛轻盈着少年的痴想
越过乔治王岛同德雷克海峡
向远方，追随海水的激荡
成年的祭礼，在天空点燃
在纳尔逊和柯林斯的早晨
在阿德利岛东岸

南大洋的海水召唤
企鹅的血液共鸣响
着装整齐的少年
沿父母和祖辈的足迹
列队奔向大海，没有退缩

第一次跳水，第一次潜泳
从水下看冰山边缘光怪
美味的磷虾还真不好捕捉
想着妈妈远离海豹的告诫
透着一点点兴奋和紧张
第一次攀上漂流的冰山
看流动的黑岛屿与白雪山
第一次在阿德利湾穿梭追赶
第一次归来，跳上礁岩的趔趄
甩脱羽毛间水渍的优雅
急坏浑身斑驳的晚成儿

向远方

舰队——蓝天下冰山的艳影
光照南大洋万里阑干
流凌，甘愿做长公主车驾的铃铛
浮泛在别样柔情里
伊坚定的目光
温柔在天之蓝与海之蓝的交界
向南美与非洲的大陆
向自由的方向延伸

无来回的流光驾驭者
若灿烂花雨中的埋葬
或粼粼波光里的晚唱
凄婉的吟颂黑白的裳
捧小小的魂灵入冰水
凭栏佳人的旖旎春光
今觉湖边的缱绻独照
只照映山岩的淡墨兰

夏日随想

最是那一低头的温柔
像一朵水莲花
不胜凉风的娇羞
——徐志摩

娇羞，温润了万年的寒冰
造短暂的幻想，翩跹入水
激我心头的涟漪与寒

可爱的，你逐你的日头啊
侬，许你的心绝不会收回
绝望，只使我更渴望

我要剜开胸口
用笔沾我热的血
决然要让爱的狂想开花

你是风带给我的礼物
你是月光带给我的礼物
谁也不能把你从我心里带走

成长

成长，成长
冰雪记忆你快乐的痕迹
在加拉帕戈斯洋流起点
在无尽的蓝色的尽头
幼稚褪去，你的微笑，你的轻吟
仿佛无忧虑的少女
矜持代替顽皮
体香，使万千少年痴迷
伊，注定只属于侬

爱情随着春天而来
春天则从温暖的北方
由着雪海燕传召而来
冲波逆折的西海岸
喧闹打破安静
古老的传统与神秘
只在铺满苔藓的绿台地
侬和伊共筑爱的巢穴
把小小的希望期许

骨殖

不剩皮肉的小小骨架
实证生命残酷的杀戮
满带殷红的血与哀婉
安枕黄绿浓密的苔藓
逝于远离家乡的高坡
是老病的自然结束
抑或巨海燕的猎杀
引侬和伊无限猜测

想得见你无助的凄凉
想得见猎杀者的饕餮
没有悲戚，没有葬礼
现在，只静静躺这坡
听风唱给你的哀歌
见证更多的杀戮

安息吧，不幸者
雪将洗你的血色
春天再来，请不再哀怨
曾经施肥的苔藓
将把骨殖缓慢埋

又一个冬天要来
不会有雪了
注定是一个温暖的忧愁

期待

无力的太阳
慵懒行走在极南的天顶
化不开昨日的忧郁凝结
雪，静静地落着，落着
表演覆盖的天赋*
天，是迷茫的灰白
起伏，起伏，还是起伏
对新生命的期待
在西海天
在纳尔逊，在霍拉修
在地理湾与地质学家岛
在侬和伊小小的洞穴
正胎儿般成长
连绵不断的白与起伏
连绵不断的美与忧愁
愿作生命的婚床和产房

*致敬王久辛《狂雪》

娩

圣歌，从遥远的柯林斯身后
无穷尽地苍郁而来
咚咚，咚咚，……
伊和侬，听得到彼此的心跳

新生命的鲜活召唤
久困的大海的魂灵
即将，即将被释放
足孕的母亲
每当圣歌奏响，朝圣
双臂艰难地支撑身体
迎大海的魂灵入体
海豹生命的延续
仪式已经启动
海水抚触到你的心跳和蠕动
在母亲的身体里
多么诗意浪漫的出生呢
包围你的
即是一个风和雪的洁白襁褓

海的魂灵已经注入
孩子已经等不及
有哪一个海的孩子
会迟疑片刻看海的样子

母亲身体渗出了第一缕鲜血
蠕动，收缩，颤抖
粗重的呼吸，低沉的呻吟
母体之血润沃产房的洁白
终于，血肉包裹的半透明圆润
艰难探出了产道
……
咬断脐带的一刹那
是母亲的欣慰与自豪
蓝灰色绒毛的卷曲里
一个纺锤形的身体
躺在母亲的怀抱里
安详着，吮吸着

拾伍 · 海鸟 ·

『一个士兵
要不战死沙场
就是回到故乡』

黑背鸥之一

飞吧，飞吧，……
我亲爱的灵魂同 Avatar
我梦里的飞行专家
带上热吻与轻吟
做我理想的翅膀
带我，带我到快乐的巅峰
就在那雪之巅，山之崖
海之际，冰之核
请替我在飓风中唱歌
随蓝色的冰冷舞蹈
带我的魂，跃上云端
将灰黑的麻雀与乌鸦嘲笑
哪怕妖艳斑斓的戴胜同云雀
也要向你钦服，向你瞻首

你的简单，你的黑与白
从这圣洁之地的悟觉
只你的黑与白
是翻腾海面飘过的“咪——”音
长城湾浪花霰入空灵的余韵
切入莱顿之身体旋律的飞羽

中国画里晕染的一片浮云
浮云，却只是你飘落的无惧
无惧，引领着你坚毅的眼神
坚毅的轻盈，如无物
浮在我的心坎儿上

我知道是你，必定是你
你又向着夕阳去了
拥抱无边的辉煌与寂寥
你的家，在天边，在远方
我的家，在脚下，在远方
我却要歇了
我的伊，带着你热吻的余香

黑背鸥之二

俾睨，向着远方
在西海天的高崖
拒马河谷的巨石顶端
傲慢这风暴与疾雨的
明艳艳一点黄，引领一袭洁白
伴侠盗的雄心
在更远的南方冲折

起飞，借南来的暴风
微微张开的翅膀
像拥抱，去拥抱
拥抱亘古的海洋与天空
风暴中，黄的、灰的地衣
是你鼓噪的战旗

“侬，她飞了……”
在阴霾里，艳阳下
天空真正的舞者
驾驭着浪与风的节拍

黑背鸥之三

来了，走了
西湖边短暂的聚会
浮动的冰凌
镶嵌你的倩影和欢笑
向另一个空间映影
西湖也咯咯地笑了
侬和伊也咯咯地笑了

不同于企鹅的勤勉
贼鸥的自私与凶悍
巨海燕的矜持与倨傲
黑背鸥，法尔兹的躬耕者

譬如乡间正装的绅士淑女
梧桐叶子和溪边汀芷
都勾引伊的留恋
在这天与地相近的地方
骑士的优雅与坚韧
与狂啸的风同在，与缥缈的云同在
与峻峭而出尘的冰山同在
如照入花林的霞霰
冥于空天的弦响
沁入两颗纯洁的心灵里

风平静下来
阳光拨动霍拉修峰下的海面
追随着，追随着轻轻的舞动
西海岸的阳光和水雾中
一群素净的孩子和姑娘
在亮晶晶的海水和泡泡藻间
勤勉地采摘和捡拾，……
台地上畅然坠下来的水帘
遮不住天使无意间奏出的细密
追赶阳光的叮咚，叮咚
光在音符上起舞
音符在滟滟中有形

雪海燕之一

太阳，在纳尔逊的左肩
释出清晨第一缕彩霞
听雪下欢快的律动
海岸断崖的流水
春天——降临法尔兹

“侬，猜猜我白天发现什么
今天呢 ……
太阳打着盹儿
泡泡藻鼓着肚儿
溪水哼着歌儿
海浪和着拍儿
你亲爱的我呢
光着小脚丫儿
不骗你，温暖又舒坦
沿着溜溜石头堆儿
找我溜溜的玛瑙颗儿
你看，就是这几颗儿
滚圆又闪亮

一只小小鸟儿
两颗豆豆眼儿
一顶瓜皮帽儿
霓裳透着天蓝
白裘映着雪原
绕在我的头顶
叫我快走开嘞
“快走开，快走开
这是私鸟领地”

小小鸟儿凄凄又婉婉
叫人怜爱又感伤
哎呀，突兀积雪的石头上
盈盈一团地衣
藏着两个小小蛋儿
披着迷彩色儿

原来哦，小小雪里透红的
正在孵化毛毛
母亲哀求又凄婉
着实让我心乱
轻轻地，我只走开
不打扰你的温暖
偶遇让我难忘
生命让我兴奋想象
四只黑豆般的眼睛
嗯，冰雪的伊甸园
……

“可是，亲爱的侬
暴风加降雪摧残
贼鸥虎视眈眈
生命多舛，好生心寒
自由天空的翱翔
这许多磨难，雏何以堪！”

“亲爱的伊，请允许我亲你的唇
请把你的心儿放宽
听，鸟儿还在歌唱
雪海燕在自由飞翔
生命自有归宿
爱情不会完结
在你我的心里
在浩瀚的冰原
在南大洋的波浪
自由星空，添两双翅膀
歇在漂流的冰山上
……漂向远方
漂向故乡”

紧紧拥着的两只鸟儿
漂向伊和侬的梦乡

雪海燕之二——童话

再见蓬塔的栈桥和渔港
再见加拉帕戈斯的海龟
再见复活节岛的石巨人
北面的朋友们，你们听
极南处冰山轰隆隆崩塌
无冰区春天将如约而至
海神的诏书需即刻送达
腿快嘴勤的我受命信使
差事将将养活一张嘴巴
温饱是海洋子民的本分
海鸟岂担心明天的鱼虾
别看我瓜皮帽儿小脑瓜
海神诏书牢记可无偏差
报春信使的行头随身带
薄翼轻装向南御风练达
终点更有等我的“洽洽”
洽洽不是一般的雪海燕
念着名字我已羞红脸颊

逆加拉帕戈斯洋流向南
乃报春信使的传统路线
低飞过岛屿一百二十座
又在十八座冰山歇过脚
九次差点被鲸喷水击落
来问路的鸬鹚不敢得罪
无聊的贼鸥常常耍弄我
憨厚的海豹作我的娱乐
海浪和风暴中自在穿梭
纵然有德雷克海峡阻隔
使命必达是信使的承诺
一路向所有的企鹅打听
恋人的消息使我心疯狂
像箭一样冲向乔治王岛
送信终点与约会老地方
小别的重逢任谁能抵挡
抖一抖翅膀飞得更欢畅

蓝凌凌与白皑皑的围绕
欲眼在望那熟悉的小岛
请允许我绕岛三圈降落
这只是传统的信使礼赞
将将在海神的指定时刻

当第一缕阳光刺破浓云
在霍拉修峰的尖顶之上
“奉天承运，海神诏曰：
兹命加拉帕戈斯雪海燕
向我亲爱的子民和女儿
隆重宣告：今春的聚会
自雪海燕第一声鸣叫始
资费皆由本帝免费提供”
倾之万众欢呼群情激动
春天火炬点燃绿色激情
正告情窦初开的姑娘们
“去完成你们的使命吧
春天来了，小心爱情！”*

我卸去海神信使的肃穆
恢复普通的雪海燕一只
从遥远的科隆群岛而来
只为那雪白光滑的翅膀
鲜红的双爪同倔傲的喙
有请大海和蓝冰做见证
期待因为了洽洽的决斗
用我的力量与我的鲜血
写乔治王岛爱情的传奇

*春天·莫泊桑

南极鸬鹚

潮水，温柔地谢幕
白的冰山，黑的礁岩
只在这黑与白的映像间
你这样孤傲地凝望
眺向科林斯的眼神
沉默的忧郁
浸染粼粼柔波同倔强的礁石
深蓝，也沉默着
阴云，也沉默着
玄武岩，也皱紧了眉额
……

这外乡人，
学着升帆挂锚之余的水手
沉醉间隙，斜倚栏杆
泥土和女性的体息
也欣赏，也怅惘，只不牵挂
漂泊，善辨季节的变换
追逐寒流里的生机
脚下的岩石，作旅途的一驿
在阴云笼着的法尔兹
你，忧郁地看海
海又忧郁地看着侬和伊 *
借夕阳里的昏黄
在蓬勃的欢乐与忙碌中
点染出淡淡的愁！

愁，永是美丽和凄婉
安抚了远古分崩的峥嵘
岩石的倔强，融入柔情的海水
尖锐锋利化为圆润光泽
作万千粉红脚掌的驻足

只你，旅人的气质
骄傲着渔夫的传承

* 致敬顾城《远和近》

请叫我贼鸥

有一种朴实叫低调
有一种勇敢因为莽撞
有一种凶悍是出于本能
一个朴实、勇敢、莽撞与凶悍
的结合
请叫我贼鸥

苔原，人和鸥
遭遇，对视和冲突
家园守卫者与误入的过客
没有输和赢的较量
偏偏使侬相信了
爱与家的力量，无惧的冲锋
抛弃了一切的现代化
三万年前石器时代的战场
巨猿同鸟儿的较量

杀戮和残酷不是侬的本性
于是首先退却了
怀十分的对母性的敬畏与爱
“好吧，我原谅了你的冲动与
鲁莽
那你便也原谅了我吧！”

贼鸥其二——向天歌者

我知道，那是你的求爱
我相信，那是你的歌声
我愿意，一起听你原始的回音
哪怕，你是这荒原上的一匹狼
而你，的确是法尔兹半岛的狼

伊欣赏着
在日光映红苔原与冰雪的那一瞬
你挺立在石柱上的威武
目光，一定是那雾来云往
潮往潮复的方向
那石柱，不计较是为谁而设
却偏偏在那一刻，衬托了侬
雪与苔原做舞台
飞羽做成的云袖
舒展一出莺莺与崔生的狂想
不，更广阔，更雄浑
岂不是夜雨孤村的狂澜
更不缺伽蓝寺钟声中的几点浮屠
向后，挥洒出无边快乐着的苔原
挥舞大地的浑厚
云，做了你的翅膀
描绘天空与海的轻盈
侬在欣赏自己得意的作品
一定是，一定是了

人生若只……
在初见的那一刹那
看得见，透过那黄褐色的深邃
写满母亲翅膀下眠着的安逸
兄弟相争的残酷
凄风苦雨中的无助
乱石间蹒跚的好奇
又如每一个为生活所压迫的父亲
饱含坚毅，又透着些许猾狭
有些自私，更多无奈

贼鸥其三——折翼者说

风雨中忍受折翼的痛苦
你也曾怀疑，生活本多苦难
又如何来到这世上
飞翔的力量尚未丰满
你告诉侬那是第一次
去丈量天与地的距离
妈妈也曾告诉你
心有多远，天就有多远
懂你，因为侬已经穿透
你的眼睛和记忆，阅读你
便读懂了无冰区的生态史

你初次的捕食
大约是苔原上的尸体
还是那些可爱的小企鹅
你告诉侬，道德与饥饿交战
你也曾不忍杀戮
你也曾到过智利的海岸
阿根廷的农庄

雪湖边的痛饮同欢歌
是你最可珍贵的记忆
倚仗强壮和技巧
你击败了三五个情敌
爱情崇尚自由
这是你们的传统
流浪的传统
一刻的愉，即你终生的信仰

细雪飘零的夏日早晨
惯常的喧嚣和吵嚷中
僵硬在苔藓与山石间
你独自死于饥寒交迫
不引起同类一丝哀婉

拾陆 · 玛瑙滩 ·

红海滩·玛瑙

海滩红了，莺鼻鹅銮下的粉红
不因了褐藻的妖娆
不因了猎杀后的血泪斑驳
红的海滩里，真的宝贝……
似星星的镶嵌与散落
又兜转构造与火山的杰作

滩涂的明晦流转
镶嵌玉盘的红玛瑙
大陆奉献海洋的定情礼
静静地躺，静静地憧憬
听得见玉女的矜持与吟哦

石殇

岩石的生命谁能否定
暗黑的海滩，异乡的砂砾
岂不是岩石的归宿
将破碎的坚韧的心埋葬
五色的闪光
封禁着岩石的精气同灵魂

安第斯或卡尔文森的异乡客
禁锢着同冰山一同旅行
月光催促赶路
穿越海盗湾到达
法尔兹半岛，是旅行的终点

无知觉亦无感动的水分子
残酷或柔情，炙热或寒澈
纵以不同的形象示人
一趟趟履行着灵魂使者的忠诚

大地和大海
包容和收留着一切
玛瑙滩的怀抱里
没有墓碑，没有祭奠
只有海水和风的轻吟

一年一期的冰雪抚慰同覆盖
无法了解他们的友善
却可以触摸对生命的向往

侬和伊牵手走过
“侬，曾以为岩石是永恒
现在则听见他们的哭泣”
无非为禁锢的灵魂洒一滴泪
又能如何，又能如何？!

红色石子

万载寒冰封冻，千年潮水洗刷
殷红的火热依然灼眼
共振一颗同样炙热的心脏

莫可名状的诱惑里
伊吻触冰封的热情
血液的火热融化了僵硬

我知道的，你的名字叫石子
你是时间的精灵
石头的种子

发芽

温暖的海滩上，石头的种子
饱吸温润的乳香
在伊的手心里发芽，发芽
纤细的嫩藤裂分着
向天空湛蓝深处的蔓延
长卵形叶片闪着光芒
浮现，瞬间遮蔽天空
只筛下一道道温暖
柔和为生之绿光与媚之婷婷

伊攀上私属的花秋千
那观景的绝妙处
科林斯与纳尔逊的背景上
调莫地和地质学家 * 正上演小丑戏
伊，却更愿意粉嫩的手指
拂藤蔓端末的白色花蕾
如微风、如轻雾般柔
是惺忪长发无法拒绝的轻抚

在平静与安宁里
花蕾竞相涨破禁锢
花底处的微笑，私语着
戏谑着，淹没
海水与沙滩的耳鬓厮磨

微笑旋转幻化
一个个鲜红的小心脏
听得见她的跳动
爱之纪念的和谐里
冷却为殷红的石子
在黑色沙土里沉寂
忧盼着一次的发芽

* 调莫地岛和地质学家岛

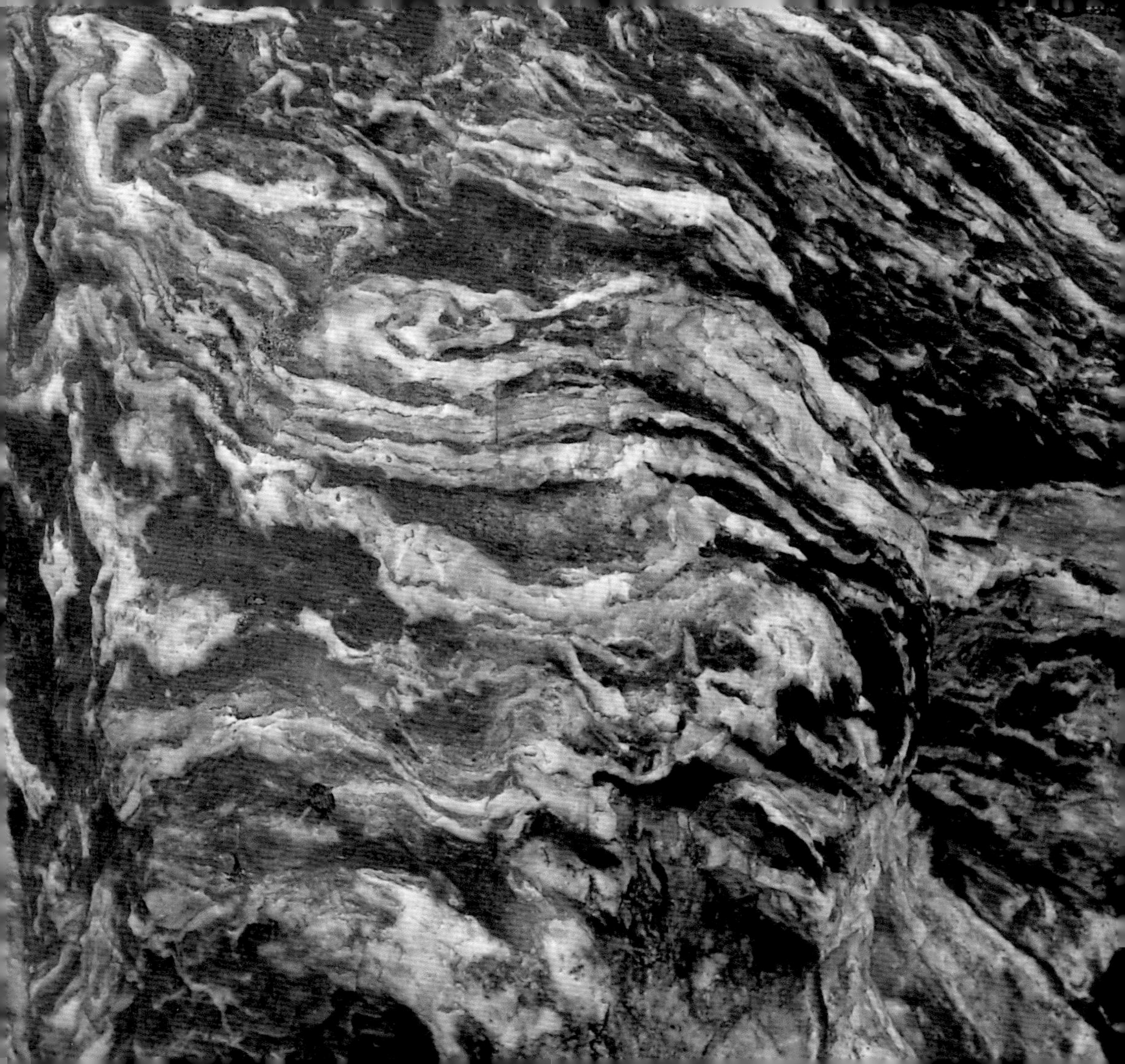

石之魂

岩石的灵魂在轻吟
一定是，一定是
哭泣，恳请
请复活这石化的灵魂啊
重燃表白的烈火同激情
为生命与爱情之源泉
让爱之火，在冰火岛上永恒
侬将绕着岛屿巡行
遍访最偏僻的岩缝
寻找最光洁的石之魂

拾柒 · 雪湖

变幻，不可捉摸的色彩
伊信了，那是水的魂魄
才会如此丰富而难以忖度

融

翠绿和湛蓝
在白的画布上晕染开
阳光温暖大地
生命展开发育
孕育着生命力的
起伏的山丘，作生命的胚床
融化的雪的营养
润沃黢黑的罅隙
来倾听，雪花融化声
积雪塌落声，溪水潜行声
水的生命一定是从这里开始的
这声，一定是最古老的音乐
除去风的回响，我是说

初生的水，浸渍山间的胎儿
如是膨大了，活跃了
在白的胎房
绽出个浅蓝的圆或方
五彩的阳光，贴耳倾听雪下的异样
却招惹得那不安分的胎儿
越发蠢动与伸展

骄阳的热情加剧了生命的生产
在胎衣的浅薄处，温暖开一道裂隙
如丝兰花微微倾吐的唇
裂口下略略喷薄出的羊水
流动与固定的，两种柔情亲吻着
透明而清澈的，在表面漫溯爬行
刚出落的丰润姑娘
接受了金乌的献礼，将自己装扮起来

展青春与柔情于阳光下
雪下之湖，终于露出了身姿

覆压于积雪之间的嫩绿
实在勾起雪下无垠绿玉的想象
雪的白与冰的灰退去
绿的凝重在蓄积
扩展了包容的力量
将四围的冰封向外推挤
消融在眺望着海的方向
滑下来趾状的积雪
任由他横斜阑干
却偏偏那么自然
手工无法达到的舒心同温暖
一种无可触摸的生命之根
以电流的速度向着山体、向着冰川扩散
感染了静坐山颠的依和伊

欢会

玉碗盛出了琼浆
等待着舞者与少年的同乐
黄昏属于任何生灵的休闲
没有闹钟的法尔兹也不例外
捧在冰原手心里的晶莹
注定要做鸟儿欢会的场所
不是吗，那金色阳光的瀑布
裹挟长城湾的墨兰
同纳尔逊穹顶的灿烂
纵落双峰山间的平湖
镜泊，被捧献着，映照
雪山凹凸间的有致
千山飞绝的羽鸟
与未染沉沦的自由铺展

倘没有冰，尚不能成为湖泊
却在这盛夏之初始
为纳尔逊鸟类的欢会春阁
分散各地的贼鸥居民
或独立，或嬉水，或晾翅
或只是对水吟哦
那大约必定是一个恋爱场所
融雪若酒，阳光如乐
啁啾冲动与哀愁
雄奇俘获柔美
唯胜利的骄狂自得
唯失败的寂寥落魄
漾不起湖水的轻薄
毕竟看惯分分合合
酒乐散尽，湖水复归平静
只孤独的单身汉凄清踟蹰

沉积——写给Y2湖

借半醉的迷离，轻薄地抚触伊
挑落带泥土芬新的盖头
红烛下滟嬿的倩影
青梅竹马的姻缘
不曾识，久相慕
婚房里勇敢地探险
自信而怯懦里难掩羞涩
担心，风的笑谑和海水的听房

伊用双手发掘了你
你的肉体，你的灵魂
便甘愿做痴心的萨桑王子
听你讲一千零一夜的故事
再向风，向海水呓语
这蛮荒之地的生命新陈

原子，分子，以及原子分子
组成的羽毛、骨骼
曾经那么辉煌
缀染法尔兹王后的霓裳
支撑国王桀骜的筋骨
穿透刺骨的海水
在坚韧如铁的寒冰上滑溜

倒下了，曾经的辉煌远去
华丽同坚韧已经卸下
淋漓的热血同凄厉的喑哑作哀歌
所依附的主人，精神同骨血
飞舞的羽毛同痛苦过去
而这分子原子的集合
没有知觉，没有感情
失去的遗憾，是唯一的感觉
守陵人一般的使命，上岗
我主魂归天国，那个遥远的人
任由撕扯割裂
鲜红，任由那温润的浸沃
不信，那个主宰天命的
会有眼泪，但他确实布施
眼泪样的东西，于是沾满了我
身上的鲜红同黑，在寒暑中褪去
还我本来的面目
我曾愿永驻高坡

守望湖水来往的方向
同法尔兹的子孙一道吟哦
听南大洋的海风唱给你的哀歌
大风起兮，迎接来雪和风暴
垂天愁云，已被这弥漫的哀愁淹没
覆压下来，是压制中的些许抚慰

不许呼吸，不许哀怨
我屈服了，任凭那凝固的柔情
做我的仵夫
葬我在雪湖的底部
灵魂已从形体里褪变出来
感觉得到它在看着我，想说些什么

站在高处，欣赏自己的葬礼
这一定是世界上最奇怪的吧
流水同粪土，一次次表演覆盖天赋
永别了，我用生命写下的诗句

法尔兹的智者曾预言
四百年是一个轮回
轮回之初，生机将被重新安排
一切的埋藏，上就是下，生就是死
那一天，即将来临
一缕光明重新照耀
那一群即将对视我的惊喜眼神

拾捌 · 长夜 ·

盛夏已逝，凛冬将至

降临

无欢愉亦无苦痛的纳尔逊
与不知来处的遥远的冰山
招手黯淡的西天低云
这云便俯身下来
遮蔽了视角的极远处
一抹幸福的浅紫蓝

乌云，蔓生如丝如缕的悲凉
徐徐笼络四野，浸入黝石与蓝冰
忧伤凝结成朦胧的幕墙
与穹顶相接，腾腾肃杀
遮断北望的狂想

忧伤压迫懵懂的海水
将身体收缩，折叠
涌浪高乎丈许的墨蓝色
助长空气流动的凛冽
朦胧，撞击着柯林斯与纳尔逊
模糊了长城湾
偏在冷峻的白的冰面上
起纷纷絮絮白色幕帐
翻腾，旋转，急坠
冰尘作扶摇的舞带
紧裹风的有形与妖艳

伊看得见，扯碎的冰晶后
黑魔怪挥甩倒钩的钢鞭
砸雪面上裂分的抽咽
渐次浓郁的暗黑的恐惧
随妖娆的、痛苦的呻吟，纷纷而来下

告别

黯然了，白驹的光
逗留不住北归的雄心
踟躇的老迈
只把漫天的辉煌
燃烧成灰袍巫师的最后一支烟花
明告欢会的法尔兹居民
袋底洞的食物告罄
宴会已近尾声
迁徙议会决议已达成
高悬平顶岩半岛
乃传统南方鸟书写就
——启程，在暴风雪来临前

夏格家族难耐怅然
低调和深沉久已养成
纳尔逊冰缝合拢，决心也下定
惆怅话别的絮叨
或者害怕对夏夜温暖的留恋
总在午夜悄悄出发
结伴的队伍绝不会有他们的身影
迁徙议会的古老传统

——顺着太阳的运行方向绕岛三周
也从来不被遵循
即便可以避免迷航的噩运
“身为鸟类，从未收到霍拉修峰论坛
或平顶岩峰会的邀请”

企鹅家族也不守仪规
坚信自己不属于鸟类
且与海神共管这片乐土
“嗯 ...., 这个
当然我们的体重也有点问题”

热情的雪海燕
耀眼的银装作飞行的航灯
初成的新雏
翻飞着激越和犹疑在微寒的星田里
急速前冲在队伍的最前列
偶尔回头向长辈确认方向
“年轻人太浮躁啊！”
“机会转瞬即逝，正是我们的族语！”

稳重而优雅的黑背鸥家族
出发总在太阳低悬阿德利岛上空
整齐列队，次第起飞
冰山与蓝天间，作平整的一字
舒缓整齐的集体飞翔
寂寞的空气旋动作轻轻鸣响
牵扯出调莫地岛怀远的思绪

争吵喧闹中贼鸥的离去
启发了乔治王岛丰腴的凝结
表演覆盖天赋的霰雪
爬满了西海岸的斜坡
黝石，便也忧郁了

封冻

西天的疏朗日渐稀落
凝重，在法尔兹半岛与日俱增
空气耗散海水的温情
舒缓一切分子、离子的热情
同斥异吸，混沌归于有序
安详，只剩潮水对岸滩的亲吻
朝日刺透浓幕，投下片片殷红
承接这明亮与启萌的
或者更使这光线被期许的
是不意何时拥满海湾
也不知延伸何处的冰莲花
许是午夜冰种乘风以降
却在黑暗中积蓄滋长
为着与朝霞的相得益彰
为着晨光中伊初见的一声惊叹

摇曳着，挑逗着
冰莲花咯咯地笑
浮跃于深邃冷峻的轻薄莹白
时而凝望无垠的悠远
时而轻抚柔滑的塔夫绸海面
勾连起大海对夏天的留恋

严寒排挤着淡水
冰核结晶力的无声召唤
助长冰莲叶的恣意铺展
鼓舞，迸发抑或对峙
凝固成莲座微微翘起的边缘
圈囿小小一片纯情
也逗留住冰盖流落的棱角

于是，幽蓝变化了冰白
潮涌蛰伏于水的固形下
黑崖做白色世界的点缀
……
浅眠了，伊的海湾！

精力旺盛的孩子
在母亲转身的刹那就会踢开绒被
浪涌汲采鼓荡之力
偶然撕裂冰莲缝隙
更向陆地推送拥挤
覆压，俯伏，折冲
海冰由平整而繁芜
好奇寒冬的法尔兹
小股海水钻出冰面偷瞄
魔力的美杜莎之眼，固化只在瞬间
惊愕补填了交错间的缝隙
或者封印为冰块的吊坠边
期满一年，方获自由

固与液的分界
分子在碰撞中疾走
自我纯粹的自律
自然有序的自觉
一点自我封闭的自私
召唤着高冰点的个体
向着双膜的固侧
向着有序，向着平衡，向着和谐

贫焓的水分子，困顿了
被范德华侍引着
横平竖直地精确安顿
源自叫做晶格力的平衡
于是，同样温度的水与冰
液体选择轻盈，固体收获厚重
强大为不可动摇的整体
新雪，掩饰冰面的阑干与动魄
深藏海之容颜为不可窥探的秘密
沉睡了，伊的海湾
在沉睡中孕育
在沉睡中自新

绝迹了帽带企鹅的徜徉
飞行专家的驻足
封印的寂寥与冷清，骚动
兀立的礁岩与被束缚的浮凌
于是，强扯住飞雪与冻雨的衣裙
絮叨对南大洋的衷情
突兀自诩为特命不凡
束缚，无非短暂的修行
吾愿追随伊，到甚远之处
浪漫在动与静之间发生
女神娇羞的诺允
结成平行地面的冰晶
牵挂抵消了地心的吸引
参差是割裂的难舍难分
朝向湾口的鱼背形切削
似瞰向远方不舍的眼神
明告给伊，风雪的有形与有情
“他们曾爱过！”，伊嘟囔

冥想

冻结的旌旗高高悬起
企鹅和一切的飞鸟
谢幕法尔兹
冰雪，膜拜着严寒
将微弱的阳光谢绝
热情丰润与冷峻干枯
相遇出砥砺冲突
无所畏浪荡的海盐气溶胶粒子
收容了混沌的过饱和水分子
做成一身有棱有角的披挂
继续无所畏惧的张扬

捕获复脱离，碰并或裂分
凝结与升华的力量，在缥缈间平衡
恍恍惚，微纳向毫厘致敬
强大了凝固的温润
阿托莫斯的轻盈，再无意也无力挽留
霰粒的强硬，强硬
交织浓密而无可逃避的巨网

从那绝高远与绝凄寒的玄天
无征兆也无声息地
向乔治王岛的一切起伏与连绵
无目的也无区分地覆压来！

请滤去狂躁的风的嫉妒
把伊美好名字的每一个音节
抛撒到漆黑的高天里
只伴同着纯粹无比
无邪思也无心机的雪片
缓缓临落乔治王岛和长城湾
而依光明的内心
欣喜地，骄傲地期待着
在看不见黑黢黢的虚无空间
那音节同雪花共舞
时而跌落，时而飞扬
博大接纳了飘零
轻柔抚慰着独孤
在相拥的丝丝倾诉细语中
内心喷薄的冥想与爱恋
于伊的肌体里流动和安生

有风来兮

有风来兮高山，临冰雪以为降
疾走继以狂奔，纵飞马不能追
有风来兮高山，引冰石以为阵
峨峨复以煌煌，恐阴岐之不及
有风来兮高山，缱绻乎谷与川
娉婷且以迤迤，或皇英不能若
有风来兮高山，馈吾以韶以乐
娇吟或以高歌，鼓号钟堪为和

有风来兮积流，驱长车以直进
隐隐或以辚辚，何浩浩以汤汤
有风来兮积流，望高崖愁援攀
容与且以夷犹，音坎坎复铎铎
有风来兮积流，溯涧溪乃登临
时嘤嘤以吁吁，若洛女之来投
有风来兮积流，遗吾以玉以珮
谦谦复以窈窕，躬屈直以自美

有风起兮凫渚，奋玄袂以直上
时扶摇以折冲，何蒸蒸以荣荣
有风起兮凫渚，怀惊霰以横斜
时星散以翔止，何逍遥以恣肆
有风起兮凫渚，慕星月以高标
时暗昧以皎皎，何婷婷以袅袅
有风起兮凫渚，赠吾以骈以缰
时踟躇以高飏，览乎山岳云端

阴岐：阴山岐山；皇英：娥皇女英；
号钟：四大古琴之首

路过

法尔兹披蓬松的白氅
解语贴地风的勾留

岁月苍茫路过，阴印
无心的踩踏与压实
疼坏了流动的万种妖娆

伸手去摩平爱的褶皱
却把匆忙阳刻成串
明告伊的来去

自长城湾，向雪山

拾玖 · 霍拉修峰 ·

『我是不是告诉过你，只要你能到得了这里，非但所有的秘密都能得到解答，而且一定能找得到她！』

霍拉修峰

海外奇石，南极危峰
磐峙西天，遥对冰穹
势分弱水，仰接长空
云缠雾绕，天垂玉龙
峭拔壁立，绝冠群雄
东风凛冽，燕鸥难涉
乱石穿空，藓芥乃从
既临此峰，云胡不喜

兀立——启航

来，把三角帆高扬
一切食物和火药准备停当
霍拉修大船长
伟大的德雷克海峡之王
向你郑重邀请
请你跃上霍拉修峰的甲板
踢踏一首欢快的舞曲
是那种拉丁又带点恰恰
再为我挂只三寸三的铃铛
在舰首的横木
黄铜为质，龙凤为文
铃声轻扬

作菜鸟水手浓雾中的引航
积满灰尘的客舱
阳光与螨虫，做欢迎的侍奉
几千年的雕琢与修饰
昂首天外的雄心
胡子里纠缠满故事的老船工
完成了对你的建造和装扮
舰首高昂，注定击风搏浪

即将到来的澎湃
潮水呻吟起来
挑逗海雾的氤氲
潮水托举船体的轻颤
是时候了，且看吧
左转舵，注意平顶岩半岛
伊要横渡了德雷克海峡
到那智利国的彼岸
访复活节岛的石像
前进，前进
雾在倒退，呼啸的风
大地束缚伊的足迹
驰骋的雄心和慰藉，神权天赋
岂容剥夺

攀登——入目

『你到了那里，就会明白一切！我有没有骗你！』

山石作冷漠的灰黄
风带讥诮的笑噱声
侬膜拜了伊，仰望了伊的雄峙与高绝
却暗许亲密拥抱的愿心
坚毅果敢如战神
难以不让人相信
伊是一切美好的精华凝结
雨雪的淅沥剔除虚无与繁华
留下武者的敦厚，文夫的筋骨
精华，诱惑着伊必然的朝圣
攒足蹑脚的叩拜向秘境
登顶瞬间内心翻涌的平静
生命或使命，岂不如这藓芥
你从高处看风景，风景便仰望了你

“你是不是找到了她
我是不是没有骗你！”
“是的，某日某刻”
在平顶岩上空金色的辉煌里
饰满玲珑珠玉的宝座下
伊的起舞！那是一个王国
一个不曾被涉足的王国
同来自天外的神秘伴奏
而我只配在霍拉修之巅
仰望了你，平顶岩的侵蚀与轮回

隔绝——回望

何时起
风的凛冽，冰的坚韧
以温润和覆盖的名义
一年复一年，纵情破坏的本性
抚摸着，亲吻着
一口一口降服了高耸的冷峻
海水的初始退却与抛弃
抑或山峦的崛起
造就了这分离与遥远
却又在那个转角处回望

亘古不变的坚定
破碎成散漫一地的角砾
然后，然后是齑粉
只有那往返高处
传递忠贞信念的飞行专家
浅浅的容忍
隔出一围淡绿色的平静
粼粼波光，牵引远处的风景
白色的舞者，装缀着
水神的居所

苔藓——淀积

土壤有多古老，生命就有多古老
从那时起，风在这生命的禁区
鼓荡了砂石的激情，又借水汽濡染
五十年一厘米的隐忍
是严寒包裹下的不屈
是恐怖统治下的努力抗争
终于，换来这绝壁的葱荣
体量的意义尽丧，对你而言

穿过时光隧道的我眼随心
放大了周遭的一切藓芥
是阿凡达式的森林
光怪陆离的树木，也可是冰河世纪
可怕的黑森林呢
许侬是只蚂蚁
缩小了自己看周围的风流
神奇了生命的伟与大

喷发——崛起

大陆与大洋的碰撞
开启，始新世的地火源
坏笑着邪恶的熔岩
在法尔兹——暂且呼之
白垩纪的厚岩下释放
汞取地心的无穷内热
骄纵着熔化一切的霸蛮
低熔点矿脉首先屈服
固体向流体快速投降
倔强，瞬间消冥在深渊
液体传送的巨大弹力
压迫炽热在裂隙间溯漫
终割裂牢不可破的顶板
轰然，跌落在新旧之间
岩浆浸润收纳历史陈迹
燥热鼓吹膨胀山石穹窿
燃烧中，磐岩涨破裂缝
压抑在脆弱处打开缺口
纵放奔涌着沉滞的猩红
苏醒了三千万年的沉睡
哀鸣中轰然塌陷的穹窿
继之天地崩裂的爆发
炎炙流发山呼海啸巨响
赤焰柱挟磐石喷射流光
蘑菇云遮蔽南天的明亮
火山灰黯淡极地的蔚蓝
百万年的压抑一吐为快
元素开始新生命的轮回
于是，峰峦群雄发起于南极
书写乔治王岛的地质史篇

冲撞和摩擦在喧嚣后缓和
倾泻，岁月平息板块的激越
无来由也无归宿的地火
自西向东的缓缓移步中
深藏营造山岳的功与名
或躬身地核，或潜伏洋沟
曾经的流动凝固扭曲为狰狞

遥望低云的峰岳阑干，峦壑横陈
火山锥叹一声无奈
只把一个粗糙雄浑
推脱给新第三纪来把玩

海退——雕琢

不知疲倦涌动的环南极洋流
隔断热带纬向的能量接济
无希望也无终点的守望
大陆边缘的森林也绝望
化被泥石掩埋的怨念为诅咒
助长第五大陆的豪强
截留无辜的稀薄水汽
充纳沟谷且纹饰凄清
无意间愈加高冷的南极大陆
漠然俯瞰周遭潮汐的往还
曾经的热切
只酝成蓝冰下湖泊的不可捉摸

海水却步了对大陆的追求
因液体的转移与冷缩
临别的匆匆，不及带走陆地的恩赏
阶地的高出与礁岩的挺立
又有层层叠叠的泥岩
高绝处海浪蚀出的石穴
明证曾经的恩爱与交融
倒是宽广了那投机的无冰区
打造自己为禽兽的乐土
上演一期一会的言情剧

极寒与温润的恩威并重
剥蚀玄武岩峰峦的决绝
水汽渗透岩颈的缝隙
胀裂似乎牢不可破为齑粉
无留恋也不心甘的海水
沿岸线试探着崖壁的缺陷
开凿出鳞栉的弯月形憩所
偶尔将不死的春梦眠歇于此

盛夏流光饱蘸紫外线
解救了禁锢岩顶的苔藓
又催促着蓬雪下的叮叮当当
在跌落的崖壁上斑驳闪耀
那轻飘飘的空气的放纵
乐做水的搬运工和怂恿者
于是，新第三纪空气和水的柔弱
把坚固也傲然的粗糙雄浑
琢磨出张狂的个性
或动感，或沉思，或恬然，或活泼
还有隔海遥望来处的痴妄
伸手去捉伊裙带的迷离

凝望——痴想

团结了玄武岩的六方节理
坚硬倔强的霍拉修峰岩颈
砥砺两千万年的风雨剥蚀
依然挺在苍茫与恒远之间
高擎着大地的激情与热烈
来牵扯阿弗洛狄忒的裙摆
丰富了自己黑与白的孤寂

久而弥笃的火山之子真情
爱美女神的坐骑不曾踟蹰
只漫散着轻薄柔滑的芳香
裸踝上银铃的密响伴和着
皓白色虎足的温润与丰盈
浸染着玉髓的淡泊和深邃
作西海山石空冥时的怀念

高峰——云雨

西海水汽，濡湿黝石坚韧
半岛柔风，酝酿神女蹁跹
白光升腾藓苔晶莹梦想
微波映照鸥燕轻灵翼尖
艳阳里的无声响也非空寂
悄然降临爱美女神的垂怜
柔白纱帐迷离依朦胧欲眼
浓稠低云排闼伊暗许芳心
缓步玉阶黛眉轻蹙若微嗔
小褪霓裳温皓椒酥愈蓬盈
丁香荫荒园玉蕊流兰溢麝
冰莲生顽石娇姿欲拒还迎
云波汤汤掩蔽芙蓉春帐暖
潮声呦呦和鸣娇吟时缓急
绵绵款款索求又惬怀无度
悠悠浓浓拥揽且漫溯不拘
淫雾郁郁海天同归于一色
天地承欢云雨共趋向高峰
软玉微拢，最是相视莫逆
香汗轻拭，总在你侬我侬
时空凝滞于极南处尚无尽
甜恩蜜露春风得意且有穷
霞光筛天影慨叹欢会苦短
仙婢收霓裳催促别驾回宫
危峰独峙遥盼何日又云雨
巉岩静息冥想神女再垂怜

贰拾 · 阿德利岛 ·

残雪沐阳雷岛始发惊悸
破湖盛露粪土堪写春秋
时暖时寒科学正解化变
或卑或达素心欲穷真知

眺望

（一）

没有耸出海面的突兀
少了别离陆地的牵挂
仿佛跌落地面的积云
只温柔地铺展延绵
娉婷女子的春睡
长城湾来贴地的微风
堆叠起罗裳的皱纹
轻推着伊向远处游离
鼓和万顷柔波相送

平静着，陆地的弃儿
牵手调莫地与地质学家 *
在蓝的海与白的雪山的环视里
小心翼翼地收集
柯林斯冰盖的爱怜
装点自己多一分盛夏的葱荣
白色也许更白了
黑色还是那么固执
黄与绿则在欢畅中膨胀了自己

（二）

那一片莫名的浮现
徒增青天幽冥的高远
麦克斯秋水望穿
凝阿德利娥眉微蹙
调莫地愁绪万千
潮来鸥燕笑，风起流光绚
是说霓裳轻舞悦知己
是说月落星稀又何年
红霞欲满天，低首瞰
长城怀惬意柔波，西堤揽海田无边
企鹅岛上，三山城池正熙攘
四万羽徒竞争先
是说极南风光无限
是说粉面含羞如初见

* 调莫地岛和地质学家岛

退潮——半岛

麦克斯湾宫床里
不愿长大也不愿离体的胎囊
吮吸蓝色羊水的滋养
一面把海鸟生命灿烂
一面把冷暖沉浮惆怅

长城湾欣悦目送
阿德利轻提塔夫绸裙边
丰盈着羞涩着欠身
明眸里荡漾温与润
融化法尔兹的高冷
傲慢牵手偏见
厚实柔抚着纤纤
抬升一条柔美弧线
在欢愉着的墨蓝水面
宛若天成的情侣
携手看潮退风景
沙滩与圆石铎铎鼓噪
“在一起，在一起，……”
于是，倾倒在法尔兹怀抱里
虐哭调莫地与地质学家 *

* 调莫地岛和地质学家岛

登临——望长城

眺望，将柔曲的长城湾岸线
压缩成一条笔直的横斜
阿德利岛的裙边浸润入水
俯仰之间，填充的便是这
淳厚得不可捉摸的藏蓝
哪怕表面微澜的褶皱
却不能动摇疏朗的充盈
执着来冲突峭巍的灰黄

灰黄里皴开的迤逦与突兀
差点给单调的色差叠合了
生动这冷漠却并不死寂的
是背窝里五七片残留的皑白
便有了向背，便有了孤傲或热情
这峭巍确然是凹凸有致的
把那虚空也勾勒得玲珑曼妙
那虚空，偏又略施薰衣草香
雅淡的蓝色
勾留着伊情迷意还乱

雪落

太阳的恩宠稀落
麦克斯湾便把轻佻收敛
严肃成无涯际的冰冷
湾口低悬的青云伊始
仿佛无可琢磨的坏笑
无边的阴郁，蔓延了满天
食没无力的残阳
淡青的天顶里镶嵌着的
稀疏的星子，也隐匿了
那不愿离去的胎囊
此刻便也委身这阴郁

阴郁浓稠得铺天盖地
飘忽的白与晶莹的碎
纷扬自分不清界限的云底
覆压地面一切有形
不仅为表演覆盖的天赋
仿佛有欢笑，回归的欢
自带美嫁娘的娇羞
懵懂里把一个新生活期待
却借着极夜孱弱的晨光
许侬一朵晶莹的冰莲花

春天——灿烂

阿德利的陈雪
接纳了春光的拥抱
陶醉自己在温暖里
便放归守护一冬的痴想
固执也灵活起来
没有挽留的别离，流淌
湿润粗糙的白为半透明的晶莹
又疏落出懵懵懂懂的孔洞
吞咽了春水的寒凉

滴落的叮铃和塌陷的细吟
在无可透视的覆盖之下
协和为潜行的欢歌
向久俟的长城湾奔去
蠢动了矜持的麦克斯湾
一遍一遍索吻柯林斯冰盖

桀骜的圣殿山出露真容
招摇无冰区的春光
落寞的石黄地衣，点染
玄武岩的高绝以鲜艳明快
外强中干的松萝，在山脊延宕
热闹的蜘蛛和弹尾虫
相爱相杀在茶渍衣的暗黑深林
石耳和石梅衣，不甘寂寞地
欣然裹覆自称为家的片石
盛开了长袖善舞的树花
比邻黑地衣无可置评的低调
苔藓饱吸淌动的甘饴
蒸腾一袭缥缈的白纱裙
不舍的氤氲结成大小的珠玉
在绿茸茸地毡上旺盛着打滚

沉淀·解读——致敬极地室

（一）取样

沉重在卑微的双手里举起
夯摩登入紧密的淀积
聚合物裹挟灰黑的泥
期望与忐忑之间
粗糙的臂膀将洪荒的沧桑采撷
历史的粗细与疏密
在X射线的投影下无所遁形
惊喜或懵懂的注目里
企鹅家族史的盖头挑落
聚光灯下，大手和小手
庄重地把传奇一厘厘分割
风——褫夺了水分，两毫米的筛孔
截留下乖张的块砾，放行
长满故事的灰绿砂和黏土
在旋动与碾压的反复间
砂的桀骜失落为粉尘
散入七十五微米的喑噎

（二）定年

宇宙射线撞碰着氮原子
无意间创造出时间密钥
飘洋过海的放射性尘埃
秉笔直书人类的核能史
加速器质谱计数碳十四
能谱仪展开铅铯之暗光
协同锻造年代学的标尺
因之，岁月被回溯标记
时缓时急的非线性沉积
展开成编年史籍的有序
静静等待有缘人的领悟

（三）聚类

原子光谱组合常规分析
勾勒沉积的二十六示现
主成分化纷繁为二因缘
聚类划多指标为三世界
硼铁砷锰钒镍联合硅铝
还原沉积母质的弱侵蚀
锶氟硫磷铜锌牵手钡硒
昭示企鹅数量跌宕起伏
生态地质学科由此开启
沉寂三千年的鸟岛传奇

（四）故事

无冰区绚丽的岛屿舞台
大幕，随末次冰盛期的完结
三千年前在阿德利岛陡然启开
无等级也无私产的欢乐园
翩跹五百年早出晚归的祥和
……
寒来暑往中危机悄然滋长
斗转星移间南大洋渐失恩宠
新冰盖扩张严苛了封冻
两千五百年前，族群开始衰落
食物短缺或是巢穴被埋没
迁徙，逃散或是病殁
阿德利岛稀疏了阿德利的欢歌
白色的荒凉与冷清的没落
顶峰在两千三百年前达到
冰川裹挟冰冷的浮泛同砂砾
突兀和乖张做新冰期的主题
……
回归梦想，在企鹅族群世代相传
转机，在一千八百年前始现
失势的柯林斯冰盖让渡了海岸
磷虾在翻涌的上升流中暴涨

闪电带凛冬已逝的消息遍传
温暖触发了爱情在南大洋
丰沛美味激活饕餮基因
乐居地向生存的本能召唤
一百年，从落魄到辉煌的顶峰
生态乐土重现，盛夏巢满为患
熙攘的族群践踏了苔原
随意的排泄尴尬地染红岛屿
肥沃了雪湖的硅藻
福泽艳阳里的潮间带

蛰伏五百年的降温
在一千三百年前来临
扰乱持续四百年的飨宴
不见了初夏冰雪的消退
犹疑乎栖居地的逼仄
渔获难以果腹，遑论生儿育女
欢歌戛然停止，沮丧同疾病流行
失望中金图留下远去背影
坚守中阿德利简化了食谱
在腌臜中苦挨，在颓垣中等待
种族复兴之路虽苦痛但短暂
前进的冰舌在五十年间消退
夏初的无冰区如约而至
阿德利岛的阿德利家族
骄傲地接纳了流浪的金图
种族重新融合，乐土和谐再现
……
然则，八百年后小冰期再次降临

贰壹 · 雪地行走 ·

德雷克海峡边的惦念

柔柔地笑靥
团两个小小的窝
皴破思念的幕
把浅浅的倾心
纷为随风的玉屑
陪伴了伊
濡湿疲敝的形体
又把行迹的残缺来弥

无法倾吐
伊可爱的名字
害怕迸发后胸腔的空虚
再也不会被充满
于是，静静独占伊在心底
只新生的雪水打听
侬便告诉了她

追寻

脚步，蹂躏了高冷的凝结
牵曳一深一浅的留恋

对变化与响应的痴醉
歪歪斜斜写满无私念也无偏见的洁白

爱上“西”这个字
只因登上雪岭，眺望了那片海岸

印记，将很快融化在冰雪的包容里
短暂得只剩了一辈子的记忆

那一只笨脚与另一只笨脚
永远也只有平行

忆王孙·雪原行走

（一）
群峰曳驾骋山塬
弦左离石望碧天
寒玉犹压玄武岩
藓苔怨
尚欠春风几里远

（二）
陈酥暗解玉桥结
新水初萌石底歇
寒溪潜洄声似咽
飞泉叠
霰落云天恨小别

（三）
遥遥穹盖笼乾坤
际外彤云翻晓昏
缱绻归禽过赤轮
霓虹吞
潮打礁岩岛欲醺

* 弦左：岸外；陈酥：经冬积雪；
穹盖：冰盖；赤轮：夕阳

新雪后沿溪水上溯

新雪，拂却万泉溪谷的困顿
起伏的恬淡与优雅尽显
反射流光溢彩的芬芳
欧根纱下丰盈妩媚的招摇
向伊招手，抛撒微笑

兴奋着，轻快着
对侬欢呼，向侬奔跑
带着狂乱的心跳、粗重的呼吸
伊仰倒在洁白的纱裙
自由地舒展爱慕与相思

流露裙裾下的柔腻与活泼
是银光忽闪的雪溪
掬捧在手心里若有若无的爱恋
激励伊对温润的饥渴
于是，向溪水的来处漫溯，寻觅

姑娘，你航行在南大洋

姑娘，你航行在南大洋
艏楼处每天眺望前方
南风撩起你的短发
把欢快的笑留在甲板
赤道的热情与西风的狂暴
娇小和脆弱在考验中坚强
风暴和浪涌制造晕船
只润沃你骄傲地昂扬

姑娘，你航行在南大洋
星斗将你我同一片天穹点亮
你定曾随柔美的海豚
在蓝色的梦幻里飞翔
请代我拥抱浪花
把恬淡的海风、自由的深蓝
装载进祝福的漂流瓶
它定然会流到长城湾畔

姑娘，你航行在南大洋
穿越冽风与错落的冰山
当你到达极南的彼岸
请把我的致敬，你的微笑
悄悄奉献在蓝冰上

贰贰 · 深海 ·

西海岸云雾起处

东皇命海其晏兮，波不兴山乃止
玉绮结于水表兮，金乌缀以银鄰
旗委蛇兮鼓訇隆，玉撵发乎天津
质蓝冰兮饰酥寒，汽氤氲为纱帐
乌鸥银燕翥翔兮，鳍脚狮豹列陈
万年玄龟驾引兮，颤悠悠其煴恭
众临西海之滨兮，群礁壁立肃然
细乐洄于渚滩兮，蓠藻灿若宫娥
水汽腾乎苔原兮，犹不舍之离合
带长铗冠切云兮，子陟升乎玉辇
瞰揽海晏兮天青，慨赴天帝飨宴

狂涌

推送悄悄冥冥的相思
微笑着从容而来
抚慰守望已久的地理湾
突兀的礁岩，离落的小岛
沉默里歆享了遍施的献礼
自在离去，又在伊的温存里
承诺另一个恩泽
许伊长城湾里的缘起缘灭

向往，涌动闷骚的心潮
协奏正弦的蔚青色婀娜
寂寞长袖善舞，起伏万里苍茫
辽阔更添几分妩媚轻盈
快乐地跌落，从高举到低沉
和梦想一同滑翔
有狂风助力，有海豚逐浪相伴
只往前走
向没有羁绊的远洋
努力追赶自由的光芒

平静之海

在大洋的呼与吸之间
偶尔，风的撩拨停止
憩着了疯狂的巨人
哪怕是在日头的监督下

身体和力量再强大
总有一湾平静的柔软
或是残留的崖壁圈成
或是漂泊的冰山围就
安抚奔突杀伐的野心
慰藉游走无定的魂灵

水循环的始作俑者
在白云后露出默许的微笑

虚空之海

清浅的娥眉，郁积着
墨青的深沉，把爱慕漂浮
把思念牵引，把咆哮平息
把怨怼沉淀
把温和与寒凉匀兑
把光线消弭于暗黑
只那一片匀实，铺展着
望穿秋水的宽宏

横流，仰望灰暗或透澈
时灵动时固执的高天
不主动谄媚，不屏绝妖娆
亦无意担当别抱的幽怨
只把无尽的恋慕与敬爱
映照进讳莫如深的卑微里
借星月的引力，辗转悱恻的浪涌
将伊的回应期待
在浩淼与朦胧的拥趸下
飞散了伊的魂魄，东宫苍龙
便多一颗微微亮的星子

贰叁 · 梦境 ·

奔跑

长满棱角的梦想
在灰蒙蒙的天空里
随风浮荡，白的起伏
收纳了骄傲的黝石
毛毛峰的脊背，宽阔平坦在
天际线与天际线之间
迟暮的霞光流落
踩踏海面的浮跃
涂鸦柔顺的雪山为金茫

伊，仰望忽近忽远的梦
热切地追随，奔跑在山梁
无声地告白爱恋
只愿在理想的荫蔽下
畅快呼喘清纯
蓬勃力量自由舒张
踟蹰纳尔逊上的残阳
为梦想的影子安上翅膀
追赶，梦里写下无拘的印迹两行

仙境之门

直立的透亮的仰望无际
牵引梦里伊的视线
参差着斑驳的节理与断岩
从地面错断而出
向高绝处的嶙峋
散射淡的蓝的荧辉

辉茫中臆念游动跳舞
在冰的崖壁印上足迹
孤独与骄傲浮刻美轮美奂
隐现新天鹅堡高出的尖顶
麦积山石窟的繁密精细
凛冬的单纯与暮春的多彩
精巧和谐地融合一处

拾阶景易的次第婀娜
触手即启的拱顶冰扉
枢动如款款的期待
恰不露痕迹的逢迎
斗径没于碧水右岸
月塘微蹙轩影阑干
冰瀑陡起穿云破雾
五色光子在凝结中呓语
明快奔放，涨破了皮壳
发芽为苗的青葱与花的斑斓
于是，芳香温暖寒冰的天坑
亦抚慰久别的梦念
宁静了，再见的约定

山的那一边

许伊一双白色的翅膀
顺安第斯山西脉向南
凭肌肉的每一次挥扇
定将德雷克海峡丈量
随飞羽在逆行中颠簸
任纤雪结周身的严霜
风不能迷伊向南的眼
雨坚定对极昼的痴想
自由与约束郁积交战
夏梦里再赴侬的狂欢

飞越荒原雪域同高岗
丘岭拥簇斜倚向南方
流动柔顺于河谷山峦
白在无边无际间铺展
山毛榉山腰丛丛蔓蔓
赤的松山顶对对行行
墨玉的枝干铮铮锵锵
冰晶作叶片叮叮当当
可堪流连乎山岳群峦
奋翅鼓翼伊执意翱翔
粉玉温床缚天真思想
积习流弊筑无形壁墙
飞不出那三千重峦嶂
越不尽那两万里流光
霍峰纳岛共长云恨断
西湖长城湾望眼欲穿
横踢直踏吁自由解放
天鼓巨声在梦里廻响
飞过高山越过那海洋
在地理湾侬待伊来伴

乘冰山浮于海

伊来了，水世界
自不明朗也不昏暗的高天
怀纯洁的良知，带浅薄的学识
降落无忧虑也无目标的浮冰
向极南地鞠躬致敬
展一尺三寸的桃花笺
诉说伊久别的思念

伊来了，水世界
自不寒彻也不温暖的北方
带灵巧的机械，犀利的锋刃
登临不逢迎也不拒绝的蓝冰
挖采凝固的蕴藏
于分子原子写就的史册
追询八千年前水和温度的情事

伊来了，水世界
自真鲜艳也真喧闹的大陆
带素纸的屉盒，粗布的口袋
逡巡于无生机也不死寂的冰原
拾捡外太空的遗珠
冥想熔化的炽热
在南纬的黑天里划出一线明光

伊来了，水世界
自无雾霭也无余晖的天边
撑不高峨也无装饰的冰筏
在浮冰间游移或滑翔
无颜色也不峥嵘的远山
招引伊向南方
向更袅娜与妙曼

伊来了，水世界
自不淫逸也不素朴的心田
远古的凝固在脚下透出翡翠绿
今夏的融化，在冰面结出宝石蓝
天际冰丘旋动起锅庄
将萌动心事悄诉红娘
致意伊且留下来啊
无意拒绝也不纠结紧张

海的那一边

黄褐与嫩绿斑驳的渚洲
舒缓潜没在碧嫩的漾动下
柔美丰盈的水际线
舒缓妙曼与端庄
不拘的温润向汀岸款款
萌动了矜重屈隐的依依
只把乱悸向灰青处藏匿

六方冰柱的微蓝与透亮
稀疏在凝滞的柔波里泅凫
明朗坚实的起调清音
散落碧嫩，踊跃混沌下密集的拥趸
宽大光洁的冰柱鳞栉浮现
上升万笏朝天的铺陈
陡起的高咪音牵引浑厚和声

垂天冰幕遮断极南的日移影动
褪去热情，不可捉摸的高冷显现
安如磐石的淡蓝辉茫里
目送了悠悠远去的女神歌声
伊指点给牵手的伟岸
梦想孵化的地方
就在海的那一边

后记

十二年的孕育，八年的挣扎，五年的沉寂，一年的痛下决心……

因爱恋而萌芽，因失恋而放逐，因苦恋而喷薄，因得其所而归于平静……

时间模糊了记忆，却清晰了怀念！而这怀念，又使记忆酝酿为想象！所幸，要写什么，标题是在八年前已经拟定，彼时南极长城站历时三月的考察归来不足两年，适应新工作方式与怀念校园书斋的两种思绪正在交战！之后，曾经有一段时间我想将对南极的怀念彻底忘记，因为我总被贴上“去过南极”的标签，而现实中又不得不把头埋起来，好像人生的得意只在过去，这实在是一种痛苦的经历，“梦境”的真实美好与现实的处处碰壁，就是这痛苦的实证！

最初，只是希望流放了自己在冰火岛上，开自己心里的小花，让爱恋的她侧目。在恣肆想象的同时，才发现自己对于水之形态的不可割舍，于是索性将对于法尔兹半岛的一切记忆都倾倒出来，又把出征南极前回忆第一次见到海的想象与冲动，拿来作为导语，自美曰“序”！

时间跨度大，从一开始也就没有打算遵从一定的体例，心绪亦时繁时简，于是乱如野草。有心的朋友，大约可以看出我各时的情绪波荡和意气折冲，若还能在参差野草中寻见小花一二，对我而言则是幸甚至哉。

法尔兹半岛的风雨冰雪，是与中国第22次南极考察队长城站的队友们一起经历的，但是我们中的任何一个，并未出现在这些想象的文字中。因为这是分享给没有机会到南极的朋友们的文字，任何亲自的感受，都会远远胜过我的这些无力赘述。

感谢国家海洋局极地考察办公室提供了赴南极科考的机会。彼时我是中国科大孙立广教授的硕士研究生，感谢恩师和中国科大极地环境研究室培育了我抚触南极纯洁宽宏的心灵。孙立广教授领导的极地环境研究室在南极无冰区生态地质学领域取得了蜚声国际的研究成果，本书中对沉积现象的解读，直接来源于此。最早和刘晓东教授分享了要弄一本“书”的野心，脑袋里面的奔突能够最终形诸纸面，也与他长期亲切的关注和鼓励有关。

关于这些想象的私念是，将之作为我和爱人期盼已久的新生命的小礼物，期待有一天和他(她)一起读，和他（她）一起想象。也告诉他（她），梦想是可以实现的!

二零一七年十一月

【补记】2018年中国科大极地环境研究室成立二十周年之际，孙立广教授出版了《风雪二十年·南极寻梦》，其中包含关于南极无冰区自然现象的科学解读，感兴趣的读者可以作为深度阅读。

感谢国家海洋局极地考察办公室为本书出版给予的赞助!

·图片目录·

拾肆

拾伍

拾陆

拾柒

拾捌

拾玖

* 斜线后为图片拍摄者。未标拍摄者的图片，均为作者本人使用 SONY–W5 数码相机拍摄。

法尔兹半岛（Fildes Peninsula），或译“菲尔德斯半岛”，位于西南极南设得兰群岛乔治王岛的南端，是中国第一个南极考察站——长城站的所在地，半岛及周围还有智利、俄罗斯、乌拉圭、韩国、巴西等国的南极考察站。半岛夏季无冰区发育，有大量的企鹅、黑背鸥、贼鸥、雪海燕等海鸟和海豹、海狮等鳍脚类海兽聚集，有超过250种的苔藓和地衣，是极地生态研究的热点区域。半岛北部与科林斯冰盖相接，东部通过一条低潮时出露的沙坝与国际南极组织(SCAR)确立的企鹅特别生态保护区——阿德利岛（Adley Island，或译阿德雷岛）相连，南面与纳尔逊岛隔法尔兹海峡相望。

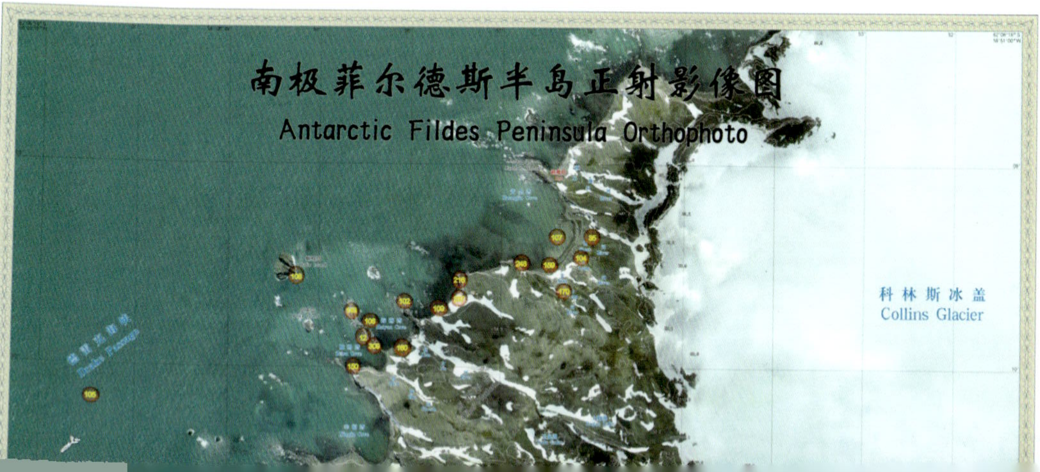

比例尺 1:10000
SCALE

国家测绘地理信息局 监制 Supervise the Manufacture of National Administration of Surveying, Mapping and Geoinformation
国家海洋局 State Oceanic Administration People's Republic of China

图书在版编目（CIP）数据

私语·南极：法尔兹半岛生态地质之赏 / 赵三平著. --
北京：海洋出版社，2019.12
ISBN 978-7-5210-0527-1

Ⅰ.①私… Ⅱ.①赵… Ⅲ.①诗集－中国－当代②摄影集－中国－现代 Ⅳ.① I227 ② J421.8

中国版本图书馆 CIP 数据核字 (2019) 第 299492 号

责任编辑：程净净
美术编辑：何 瑛
责任印制：赵麟苏
海洋出版社 出版发行
http://www.oceanpress.com.cn
北京市海淀区大慧寺路 8 号　邮编：100081
北京朝阳印刷有限公司印刷　新华书店北京发行所经销
2019 年 12 月第 1 版　2019 年 12 月第 1 次印刷
开本：787mm×1092mm　1/24　印张：13.75
字数：75 千字　定价：158.00 元
发行部：62132549　邮购部：68038093　总编室：62114335